KB121254

이것이 법이다 181

2024년 4월 24일 초판 1쇄 인쇄
2024년 4월 29일 초판 1쇄 발행

지은이 자카예프
발행인 김관영

기획 박경무 강민구 임동관 조익현 최시준 신정윤
책임편집 최전경
마케팅지원 유형일 장민정

발행처 (주)로크미디어
출판등록 2003년 3월 24일
주소 서울시 마포구 마포대로 45 일진빌딩 6층
Tel (02)3273-5135 Fax (02)3273-5134
홈페이지 rokmedia.com E-mail rokmedia@empas.com

ⓒ 자카예프, 2015

값 9,000원

ISBN 979-11-408-2119-8 (181권)
ISBN 979-11-255-9575-5 04810 (세트)

이 책의 모든 내용에 대한 편집권은 저자와의 계약에 의해
(주)로크미디어에 있으므로 무단 복제, 수정, 배포 행위를 금합니다.

작가와의 협의에 의해 인지는 생략합니다.
잘못된 책은 구입처에서 바꾸어 드립니다.

이것이 법이다

181

자카에프 장편소설

ROK MEDIA
로크미디어

이 소설은 픽션입니다.
등장하는 인물 및 지명 등은 현실과 연관이 없습니다.
또한 소설 내에 나오는 법이나 법리 해석의 경우에도 대
중문학의 극적 전개를 위하여 일부분 과장되거나 변형된
것이 존재하니 실제 법과 혼동하지 않으시길 바랍니다.

CONTENTS

전 세계에서 가장 큰 블러핑

　사우디아라비아의 새로운 계획, 즉 아레스 밀리터리 그룹을 통한 부대의 통솔은 전 세계의 관심을 끌었다.

　그게 미 정부의 손아귀에서 벗어나려는 노력의 일환임을 의심하는 사람은 없었고, 이를 기회 삼아 중국은 사우디아라비아에 더더욱 위안화 석유 결제를 압박해 왔다.

　그리고 미국에 날벼락이 떨어졌다.

　　사우디아라비아, 아레스 밀리터리 그룹과 용병 계약

　　아레스 밀리터리 그룹, 사우디군의 대대적 개편을 이야기하다

　"끄응…… 결국."

짐 베머는 이를 악물었다.

이쪽에서 압박을 상당히 가하며 절대로 아레스와 손잡지 말라고 경고했음에도 불구하고 결국 사우디아라비아는 아레스 밀리터리 그룹과 군 현대화 및 개편을 계약한 것이다.

"이대로는 진짜로 사우디가 페트로 달러에서 벗어날지도 모릅니다."

"알아, 안다고. 이럴 줄 알았으면 차라리 사우디아라비아를 집어삼켰어야 했어."

하지만 이제는 그럴 수가 없다.

과거처럼 전 세계가 혼란스러운 상황도 아닐뿐더러, 그렇게 한다고 해서 성공한다는 보장도 없다.

물론 미국이 사우디아라비아와 싸워서 이기지 못할 리는 없다.

사실 사우디가 아무리 아레스와 손잡고 기를 쓰고 노력해도 미국과 싸워서 이길 수는 없다.

하지만 사우디아라비아는 미국의 제1 동맹이고 그런 동맹을 미국이 이득을 위해 공격한다면, 전 세계는 미국을 믿지 않을 테고 미국이 언제든 쳐들어올 가능성에 대해 의심할 거다.

문제는 전 세계의 그 어떤 나라도 기존 전력으로는 절대 미국을 이기지 못한다는 것.

그러면 남는 건 단 하나, 바로 핵이다.

능력이 되는 나라들은 죄다 핵으로 무장하려고 할 거다.

당장 일본과 한국도 중국을 상대로 핵무장을 외치고 있지만 미국에서 핵우산을 핑계 삼아 막고 있는 상황이다.

그러나 미국이 핵우산은커녕 수틀리면 침략하는 게 현실이 되면 당연히 믿음이 깨질 수밖에 없을 테고, 한국과 일본이 핵우산에서 탈퇴하는 순간 핵무기가 미친 듯이 쏟아질 거다.

"미치겠네."

짐 베머는 이해가 가지 않았다.

자기들이 한국에 압박을 가하는 건 사실이다.

러시아-우크라이나 전쟁에 막대한 물자를 제공하고 있지만 사실 우크라이나의 승리는 요원한 상황이다.

다들 부정적으로 보고 있을 정도이니 말이다.

물론 우크라이나가 의외로 버티고는 있다지만 그건 어디까지나 '버틸 수 있다'는 거지, 우크라이나가 원하는 '이길 수 있다.'가 되는 건 또 다른 문제다.

그랬기에 돈은 미친 듯이 들어가는 데 비해 이득은 없었다.

군사주의자들은 이참에 러시아의 군사력을 갉아먹을 수 있다고 좋아하지만 미국이 러시아로 침공해 들어갈 것도 아닌데 무슨 의미가 있단 말인가?

상공부 소속인 짐 베머에게 있어서 중요한 건 전쟁의 승패가 아니라 경제의 활성화였다.

더군다나 전쟁은 전선에서만 벌어지는 게 아니라 경제적으로 전 세계에 타격을 입히고 있었다.

그랬기에 짐 베머는 미국이 살기 위해 다른 나라를 쥐어짜기로 결정했다.

하지만 세상이 이상하게 굴러가면서 모든 게 다 틀어지고 말았다.

"망할 한국 놈들."

그 상황에서 좀 더 살 만한 상황인 나라가 바로 한국이다.

분명히 우방이지만, 그들은 사실 중간에서 이리저리 관계를 유지한다.

한국이 2급 동맹인 이유가 바로 그거다.

일본처럼 이쪽을 주인으로 알고 충성을 다 바쳐야 하는데 그러지 않아서.

그런데 이제는 이빨까지 드러낸다?

"그래, 한국 따위, 경제 지도에서 지워 주마."

짐 베머는 한국을 망하게 하기로 결심했다. 그런 뒤에 그들을 다 집어삼키는 게 나을 것 같았던 것이다.

"아니면 차라리 다시 일본의 속국으로 만드는 것도 나쁘지 않고."

자신에게 로비한 일본 대사는 한국을 속국으로 만들고 싶어 하는 눈치였다.

최소한 한국을 조져 두면 그에 대한 보상은 충분히 챙길 수 있을 거다.

사실 한국의 경제 따위는 상관없었다.

"그러면 뭘 하든…… 일본 놈들이랑 중국 놈들에게서 일단 좀 뜯어내야겠군."

한국의 몰락을 바라는 대표적인 두 나라.

그 두 나라에 적당한 정보만 건네면 자신의 계좌는 두둑해질 것이다.

그리고 세상이 망하든 말든 그 돈이 있으면 자신은 편하게 살 수 있기에 그는 마음이 급했다.

"그나저나 한국을 적당하게 조져 버릴 수 있는 방법이……."

짐 베머는 머릿속을 복잡하게 굴리고 있었다.

하지만 그는 몰랐다, 노형진이 이 모든 걸 예상하고 있다는 걸.

⚖

"너무 텅 빈 거 아닙니까?"

사우디아라비아. 그곳의 훈련장을 보면서 노형진은 기가 막혔다.

"보고서에는 분명히 이 훈련장에 못해도 4천 명이 있다고 적혀 있는데요?"

사우디아라비아에는 군대가 없는 게 아니다. 다만 그 수준이 낮을 뿐이다.

그랬기에 사우디아라비아군을 훈련시키는 것도 아레스 밀

리터리 그룹과의 계약 내용이었다.

"죄다 그만두고 도망갔습니다."

훈련 담당인 박용소가 쓰게 웃으며 답하는 말에, 노형진은 기가 막혔다.

"그만뒀다고요?"

"네."

"아니, 얼마나 혹독하게 훈련시켰길래요?"

"혹독은요. 지희도 수준을 뻔하게 아는데요. 그냥 논산 훈련소 표준 규정에 맞춘 것뿐입니다만."

"설마 그걸 그대로 시킨 건 아니죠?"

만일 진짜로 박용소가 그렇게 했다면 그의 능력에 대해 의심할 수밖에 없다.

왜냐하면 논산 훈련소와 여기는 상황이 다르기 때문이다.

한국은 한낮이 최소한 돌아다닐 수 있는 날씨지만 여기에서 그랬다가는 아마 바로 화상을 입을 거다.

"그럴 리가요. 저희도 생각이 있습니다. 표준 규정에 맞췄다는 거지 진짜로 한국 훈련소처럼 운영했다는 게 아닙니다."

훈련 시간은 똑같이 여덟 시간 훈련으로 구성했지만, 오전 8시부터 12시까지 야외훈련을 하고 12시부터 2시까지 점심시간, 2시부터 4시까지 실내 교육, 4시부터 6시까지 다시 야외훈련으로 잡았다고.

"더운 시간은 피한 거군요."

"네. 뭐, 그래도 더운 건 더운 거지만요."

물론 4시라고 해도 충분히 덥다.

하지만 만일 여기서 일하게 되면 사막에서의 전쟁을 대비해야 하니 덥다고 무조건 피할 수는 없는 노릇.

"그런데도 도망갔다고요?"

"진짜 훈련이 의미가 없는 수준이더군요."

박용소는 긴 한숨을 내쉬었다.

"한국군은 최소한 작업이고 뭐고 자기 역할은 하게 하지 않습니까?"

"그건 그렇죠."

아무리 작업이 많고 온갖 쓸데없는 걸 다 시켜도 최소한 요식행위로써의 전투력 확보는 한다.

예를 들어 박격포를 쏘는 직원이거나 통신병이거나 유탄 사수라면 일단 그들의 주요 임무는 전투력 확보지, 작업이 아니다.

"그런데 사우디군은 그게 아니더군요. 소수를 제외하고는 그냥 알보병 수준입니다."

총은 쏠 줄 안다. 그런데 총만 쏠 줄 안다.

"심각합니까?"

"네. 전차 기동훈련도 못합니다."

"그거야 한국도 마찬가지 아닌가요?"

그 말에 박용소가 쓰게 웃었다.

"그래도 최소한 이론은 알죠. 다만 그걸 체득하는 건 전혀 다른 문제지만."

돌격이라고 간단하게 명령하면 달려가는 게 돌격이 아니다.

기동을 하면서 일부는 적에게 사격하면서 견제하고, 이동하는 조는 엄폐물을 이용해서 최대한 전진하는 게 돌격이다.

하지만 한국의 장교들에게 돌격이란 구 일본군처럼 총에다가 착검하면서 앞으로 내달리는 것이다.

그렇잖아도 그것 때문에 대부분의 훈련 중에 거의 모든 부대가 시작한 지 한 시간도 안 되어서 전멸 판정 나는 수준이다.

"그런데 그것보다 떨어진다고요?"

"수준 자체는 거의 비슷합니다. 다만 장비는 이쪽이 압도적으로 좋죠."

"아아~."

예를 들어 한국군은 야간 작전 중에 야시경 대신에 라이트를 준다. 야간 작전 중에 대놓고 '나 여기 있습니다.'라고 말하는 수준이다.

물론 광량을 조절하는 필터가 있지만 아무리 빛을 조절하는 필터를 걸어도 멀리서는 훤히 보이기 때문에 무용지물.

그에 반해 사우디아라비아군은 개개인이 모두 야시경 장비를 갖추고 있다.

"하지만 그걸 착용하고는 기도비닉이고 뭐고 그냥 온갖 잡담을 하더군요."

"허."

애초에 야시경이 주는 이점이 뭔가? 적은 우리를 보지 못하는데 우리에게는 적이 보인다는 점이다.

그런데 수다를 떤다? 그러면 의미가 없다.

"장교들이 그 정도도 모른다고요? 아무리 그래도 장교들도 필요한 만큼의 훈련은 받고 있을 텐데요."

"그게 문제입니다. 장교들이 가르칠 생각이 없거든요."

사실 아레스가 훈련시키기 전에는 미군이 교육을 담당했다. 그리고 분명 장교들에게 전략 전술을 가르쳤다.

그런데 장교들이 그걸 아래에 교육하지 않은 거다.

"웃긴 게 그겁니다. 한국 군대랑 문제가 너무 똑같아서 도리어 교육 방향은 잡기 쉬웠습니다."

노형진은 그 말에 쓰게 웃었다.

한국의 문제가 딱 그랬으니까.

전투 병력이 아니라 관리 공무원이 된 장교들.

여기 장교들이 딱 그 수준이었다는 것.

"다만 죄다 그게 힘들다고 때려치울 줄은 몰랐죠."

"장교도요?"

"장교는 그래도 버팁니다. 그런데 용병들이 견디질 못해요."

파키스탄 출신의 용병들 중 일부가 갑자기 빡세진 훈련에 불만을 품고 이탈했다는 것.

"육체적으로 힘들어서요? 아무리 그래도 그건 아닐 것 같은데요."

물론 그간 훈련의 강도가 약했던 것은 사실이나 아무리 그래도 명색이 용병이다.

사우디아라비아에서 용병을 제비뽑기로 뽑을 리가 없다. 당연히 체력 검정 등을 통해 뽑는다.

더구나 지금이야 군대 자체가 개판이라 상대적으로 편하다지만 그렇다고 아예 체력 훈련 같은 걸 안 해 봤을 리가 없다.

"그게, 도리어 훈련의 양 자체는 문제가 안 됩니다."

주먹구구식이었던 체력 훈련이 좀 더 실용적으로 바뀐 정도니까.

"문제가 되는 건 실내 교육입니다."

"실내 교육? 끄응…… 무슨 소리인지 알겠네요."

실내 교육은 주로 글과 전략 전술 위주로 구성되어 있다. 그래야 제대로 적응하니까.

하지만 애초에 사우디아라비아에서 고용할 때 우선시한 건 학습 능력이 아닌 군인으로서의 전투 능력이었다.

당연히 학습 능력이 좀 떨어지더라도 체력이 좋으면 뽑았다. 장교가 아니라 병사를 뽑는 거니까.

그런데 현대전에서는 장교가 가장 많이 죽고 가장 빠르게 소비된다. 그렇기에 부대가 굴러가려면 기본적으로 하위직이 상위직의 업무를 일정 부분 대신할 수 있어야 한다.

예를 들어 소대장이 전사하면 부소대장인 부사관이 지휘

를 대신하고, 부소대장이 전사하면 분대장이 지휘를 대신하며, 분대장이 사망하면 부대 내부의 선임 병사가 새로운 장교가 배치될 때까지 어느 정도 통솔하는 거다.

그렇게 굴러가게 체계가 잡혀 있어 어지간한 경우가 아니면 수뇌부가 사라졌다고 해서 부대가 와해되는 일은 일어나지 않는다.

"하지만 사우디아라비아에서는 그게 문제더라고요."

"배운 게 없으니 그게 부담으로 다가오는 거군요."

"네."

실제로 사우디아라비아군은 전투가 나면 도망가는 겁쟁이 군대로 유명하다.

하지만 만일 이런 시스템이 있다면, 소대장이나 중대장이 도주한다고 해도 하사관이나 선임 병사가 컨트롤할 수 있다.

그러나 사우디아라비아군은 그게 안 된다.

모든 지휘관은 사우디아라비아의 국민이어야 한다. 당연히 하사관이라고 해 봐야 권한도, 책임도 없다. 그들이 가진 권한이라고는 한국의 선임 병사 수준.

그러니 시스템이 와장창 무너지고, 그 후부터는 속절없이 허물어지는 것.

"그걸 막아 보려고 노력 중인데 답이 없습니다."

"한국이 아니니까요."

한국은 전 세계에서 가장 학력이 높은 군대다. 그래서 아무것도 몰라도, 누가 알려 주지 않더라도 생활하면서 지휘관이 뭘 하는지, 그리고 어떤 게 중요한지 정도는 자연스럽게 배운다.

그렇다면 사우디아라비아군의 절대다수인 파키스탄 용병들은 어떨까.

최종 학력이 높아 봐야 고졸 수준이고 절대다수는 중학교 또는 초등학교 수준이다.

파키스탄에 대학이 없는 건 아니지만 대학 졸업자는 파키스탄 내부에서도 절대적으로 중요한 인재라 굳이 목숨을 걸고 전쟁터로 갈 이유가 없기 때문이다.

"그러면 어쩔 수 없네요."

"네?"

"그들이 빠진 자리는 다른 용병으로 채우세요."

"하지만 엄청 빠지는데요?"

"신경 쓰지 마세요. 그리고 어차피 그런 놈들은 전쟁 나면 도망갈 놈들입니다."

"그럴까요?"

"당연하죠. 애초에 우리가 모두를 장교화하려는 게 아니잖습니까?"

아레스에서 교육하는 건 기본 중의 기본이다. 즉, 그걸 배운다고 해서 장교가 될 수 있는 건 아니다.

사실 장교가 죽은 상황에서 부대를 차분하게 후퇴만 시켜도 그들로서는 본연의 임무를 다한 거다.

물론 그들 중 일부는 시험에 합격해서 부사관이나 분대장으로 승진하겠지만 말이다.

"그게 문제입니다. 자존심 문제죠."

"자존심? 아아~."

사우디아라비아에서 슬슬 벌 만큼 벌고 편하게 시간을 보내고 있는데 앞으로 누군가는 승진해서 부사관이 되고 누군가는 탈락해서 병사로 끝나게 된다?

'하긴, 화장실도 들어갈 때 마음 다르고 나올 때 마음 다르다고 하니까.'

돈이 없다면 모를까, 이미 충분히 벌었다면 굳이 힘들게 일하기 싫을 거다.

더군다나 사우디아라비아군은 기본적으로 용병 집단. 한국처럼 징집병이 아니다.

당연히 능력 있는 놈이 위로 가고 무능한 놈이 아래로 가야 한다.

하지만 그간은 위가 고정되어 있었다. 사우디아라비아 출신 장교로 말이다.

그런데 갑자기 올라갈 자리가 생긴 것이다.

만약 그 자리에 어제의 동기, 또는 후임이라고 갈구던 놈이 올라간다면, 아래에 남은 자들은 과연 버틸 수 있을까?

"하지만 그건……."

"신경 쓰지 마세요."

노형진은 단호하게 말했다.

"연공서열에 신경 쓰면 조직은 망합니다. 특히 군대라는 조직은 더 그렇죠. 박용소 씨도 그래서 군에서 나오신 거 아닙니까?"

"그건 그렇죠."

연공서열에 따라 그리고 파벌에 따라 승진이 결정되는 한국 군이다. 그리고 박용소는 그런 한국군 시스템의 피해자였다.

누구보다 능력이 뛰어나고 심지어 훈련 점수도 누구보다 높았지만 매번 육사 출신에게 밀려서 승진하지 못했다.

성적도, 인사고과도 자신이 높고 대항전도 자신이 승리한 데다 심지어 상대방은 부대 관리를 제대로 하지 못해서 병사들이 세 번이나 탈영했다.

하지만 승진 시기가 오자 '넌 어차피 ROTC잖아? 금방 나갈 놈이 승진해서 뭐 하게?'라는 이유 아닌 이유로 자신이 아닌 육사 출신이 승진했다.

그렇게 육사 출신이 아니면 성공하지 못한다는 사실에 그가 절망할 때 아레스에서 접근해 스카우트된 것이다.

"게다가 어차피 잠깐 인원이 비는 정도로는 아무 일도 일어나지 않습니다."

"미국에서 건드리지 않을까요?"

"미국이 전 세계랑 전쟁하기로 결심한 게 아니면 그렇게 못 합니다."

지금 사우디아라비아에서 페트로 달러에 대해 적대적인 행동을 하는 건 사실이지만 실제로 페트로 달러에서 벗어난 것은 아니다.

"차라리 잘됐습니다. 그 빈자리를 우리 사람들로 채우세요. 한국에도 오고 싶어 하는 사람이 많을 텐데요?"

"그건 그렇죠."

사우디아라비아의 임금이 짠 건 아니다. 상대적으로 적을 수는 있겠으나 기술직의 경우에는 엄청나게 비싸게 주고 있다.

"우리 쪽 사람으로 채우는 게 나을 수도 있습니다. 전쟁이 터지면 내뺄 가능성이 높은 병사들은 차라리 없는 게 나을 테니까요."

"알겠습니다."

노형진의 말에 박용소는 고개를 끄덕거렸다.

"그나저나 미군 측에서는 별말 없습니까?"

"딱히요."

'역시 그런가?'

아무리 미국이라 한들 하나가 되어서 굴러가지는 않는다.

어떤 면에서는 한국보다 조직 간 대립이 더욱 극단적인 곳이 바로 미국이다.

'그 말은, 지금 한국에 대한 공격은 군부와는 관련이 없다는 소리군. 상공회의소의 단독 결정이라고 봐야겠어.'

정보 라인 쪽은 CIA를 통해 충분히 확인했다.

그들은 한국을 경계는 하지만 적대는 하지 않는다.

애초에 그쪽은 자기 마누라도 경계하는 놈들이니 이상할 건 없다.

'군부 입장에서는 여차하면 함께 중국과 싸워야 하는 게 우리이니 적대하진 않을 테고.'

그렇다면 지금 한국에 대한 경제적 공격은 상공부 계열의 독단이라는 소리다.

"이제 슬슬 그쪽을 날려 버려야겠군요."

"미국을요?"

"아니요. 대가리요."

노형진은 씩 웃으며 말했다.

"공매도를 걸자고요?"

"네. 상공부 놈들은 이득만 생각합니다. 그렇기에 우리가 손실을 감수할 거라고는 생각도 못 하죠."

빈 아주람은 노형진의 말에 눈을 크게 떴다.

"우리가 손실을 보면 함정에 빠질 거라는 겁니까?"

"솔직히 말해서 미국은 사우디아라비아의 전략 전술을 아주 만만하게 봅니다."

"그거야…… 그렇죠."

돈이 많기에 모든 걸 돈으로 해결하면 된다.

그리고 그건 외교도 마찬가지다.

기름을 쥐고 있는 한 사우디는 절대 갑이지, 을이 될 수 없다.

"그러니까 이쪽의 전략이 너무 투명하다고 생각하거든요."

"그러니까 공매도를 걸자는 겁니까?"

"네. 부자들은 부자들의 방식으로 싸울 거라 생각할 겁니다. 그러니 사우디아라비아는 이번에도 당연히 돈으로 싸울 거라 생각하겠죠."

"음……."

"그렇다면 페트로 달러에서 이탈했을 때 망하는 회사도 있기 마련이겠죠."

"거대 정유 회사들 말이군요."

"그곳뿐이겠습니까?"

물론 그들이 진짜로 망하지는 않을 거다.

페트로 달러에서 벗어나도 달러는 계속 사용되니 달러의 영향력이 약해지는 정도로 그칠 테니까.

"하지만 그 시장에 중국 기업들이 들이닥치기 시작한다면 타격이 크겠죠."

그걸 목적으로 공매도를 노리게 하는 건 어려운 일이 아니다.

"진짜로 공매도를 하자고요?"

"네. 손실을 각오하고 말입니다."

하지만 미국은 사우디아라비아가 손실을 감수할 리 없다고 예상할 것이다. 그러니 페트로 달러의 이탈은 자연스럽게 기정사실처럼 보일 거다.

"중요한 건 '그렇게 보인다'는 거죠."

이게 매우 중요하다.

"미국은 현시점에서 위안화 거래를 하지는 않을 거라고 생각하니까요."

"그건……."

"솔직히 진짜로 하기는 힘들지 않습니까?"

"끄응…… 그건 그렇습니다."

사실 국제적인 규모로 보든 경제 규모로 보든, 중국의 위안화가 국제통화로써 가치가 떨어지는 편은 아니다.

그런데 어째서 아직도 국제적으로 그 위상이 낮을까?

이유는 간단하다.

위안화의 가치 판단은 시장이 아닌 공산당이 하기 때문이다.

물론 자국의 화폐가치를 유지하기 위해 각 나라는 통화조절 정책이라는 걸 짠다. 하지만 그게 실패해도 자유 시장경제 시스템에서는 어쩔 수가 없다.

하지만 중국은 아니다. 공산당은 중국의 화폐가치에 절대적인 권력을 가진다.

예를 들어 현재 1위안의 가치가 180원인데 공산당에서 갑자기 '내일부터 1위안을 300원으로 만들어라.'라고 지시하면 그때부터는 무슨 수를 써서라도 300원으로 만들어야 한다.

실제로 현재 중국의 위안화의 가치가 높은 데에는 그게 일정 부분 영향을 주고 있다.

"그런 상황인 만큼 섣불리 위안화로 결제할 수 없을 거라는 것 정도는 알 수 있죠."

사실 말이 변동환율제지 공산당의 컨트롤 아래에서 사실상 고정환율제처럼 운용되는 중국의 위안화는 그 가치가 엄청나게 불안하다.

더군다나 중국의 경제가 점점 몰락해 가고 있다는 것은 딱히 비밀도 아니고 말이다.

"그러니까 우리는 다른 걸 이용해야 합니다."

그것도 어설픈 믿음이 아니라 최소한 대중이 믿고 흔들릴 정도의 충격을 줄 수 있는 것을 말이다.

"그게 공매도라 이겁니까?"

"네, 맞습니다."

물론 이쪽도 피해는 어느 정도 입을 거다.

하지만 이쪽에서 100억 달러의 손해를 본다면 미국은 거의 국가 붕괴 수준의 스토리가 진행될 거다.

"물론 진짜로 100억 달러씩 공매도를 칠 이유는 없죠."

중요한 건 '소문'이다. 페트로 달러에서 벗어날 거라는 소문.

그 소문만 제대로 나면 미국 경제는 벌벌 떨 거다.

"그런 거라면."

빈 아주람은 미소 지었다.

"어렵지 않군요. 저희 왕자님이 그러셨죠, '우리가 할 수 있는 건 수표를 써 드리는 것뿐'이라고."

그는 확신을 가진 듯 말했다.

"그래서, 얼마나 끊어 드리면 될까요?"

공매도라는 건 보통 은밀하게 이루어진다.

하지만 어떤 경우에는 대대적으로 이루어진다.

왜냐, 수익을 내기 위해 상대방을 몰아붙이려고 지지 세력을 모으는 경우도 많으니까.

가령 한국에서 터진 IMF 같은 경우도 그 당시 한국 언론에서는 '국민들의 사치가 망국의 원인이다.' 같은 개소리를 했지만 사실은 외부의 공격에 한국 정부가 제대로 대응할 능력을 갖추지 못한 것이 원인이었다.

그 당시에도 일부 공매도 세력이 한국을 공격한 걸 알 만한 사람은 다 알고 있었고, 몇몇은 거기에 끼어들어서 막대한 수익을 내기도 했다.

그리고 이번이 딱 그랬다.

사우디아라비아, 미 정유 회사 나이스 오일에 공매도

이것이 법이다

마이스터, 정유 회사 전부에 대한 공매도 시작. 위안화 무제한 구입 밝혀

사우디아라비아, 미국계 정유 회사들에 대한 공매도 비용을 늘리기 시작

사우디아라비아, "미국은 파산 직전. 달러는 더 이상 국제 화폐로써 신용할 수가 없어"

쾅!

미 대통령인 빌 웨이든은 얼굴이 시뻘겋게 변해 있었다.

"이거 뭡니까? 이게 어떻게 된 거예요! 우리 달러 가치가 얼마나 떨어지는지 알아요!"

달러의 가치가 떨어지자 기업들은 비명을 질렀다.

"짐 베머 위원장! 이게 어떻게 된 건지 말해 보세요."

"그게…… 사우디아라비아에서 페트로 달러 체제를 포기하는 게 아닐까 하는……."

"아닐까? 아닐까? 지금 이 상황을 보면 몰라요? 확정 수준 아닙니까!"

"……."

짐 베머에게 다들 극도로 분노하고 있었다.

미 상공회의소는 국가조직은 아니지만 권력의 핵심이며 경제정책을 총괄한다. 하지만 그 과정에서 미국의 경제 자체를 날려 먹는 건 전혀 다른 문제다.

"도대체 일이 이렇게 된 이유가 뭡니까?"

"사우디아라비아가 간땡이가 부어서 그렇습니다. 저희가 무력을 투사하면⋯⋯."

"뭔 말도 안 되는 개소리를 지껄여요! 1급 동맹을 침공이라도 하자 이겁니까?"

"당신, 러시아 빨갱이 아니야? 미국을 망하게 하고 싶어서 환장한 거 아니냐고!"

짐 베머는 그 말에 아무런 말을 못 하고 눈을 찡그렸다.

'젠장, 경제에 대해 쥐뿔도 모르는 새끼들이.'

미국은 상황이 안 좋다. 아니, 전 세계가 상황이 안 좋다. 그러니까 우리만이라도 살아야 한다.

그렇게 변명하면서 짐 베머는 빌 웨이든의 말을 반박했다.

"저는 미국을 위해 일한 겁니다. 한국은 상대적으로 우리의 요구를 받아들일 여력이 있습니다."

"그건 사실입니다."

일부 경제 전문가들이 그 말에 동의했다.

"한국이 코델09바이러스와 그 후폭풍의 영향을 상대적으로 덜 받은 건 사실입니다."

"다만 저희가 예상하지 못한 건 마이스터가 한국을 편들어 줬다는 겁니다. 이참에 저희는 마이스터의 문제에 대해서도 심각하게 생각해 봐야 합니다. 마이스터가 기본적으로 미국의 기업이기는 하지만 우리의 말을 듣지는 않습니다. 그렇다면 이참에 마이스터를 찢어 버리는 게 미국의 미래를 위해서도 나을 수 있습니다."

"무슨 말도 안 되는……."

"무시할 수 없는 의견입니다. 마이스터가 미국에서 여러모로 강력한 힘을 발휘하는 건 사실입니다."

짐 베머가 입을 열자 경제 쪽 인사들이 하나둘 그를 편들어 주기 시작했다.

그러나 그들의 언행은 순식간에 의혹에 휩싸였다.

"그 의견이 중국의 의견입니까, 아니면 일본의 의견입니까?"

"그게 무슨 말이오, 국장?"

CIA 국장의 말에 빌 웨이든은 눈을 찡그렸다.

"저희가 얻은 정보에 따르면 지금 발언을 한 짐 베머 씨를 비롯한 이들 모두 일본과 중국에서 막대한 로비 자금을 받은 바 있습니다."

"증거 있습니까!"

그 말에 CIA 국장이 비웃음 가득한 얼굴로 웃었다.

"정말 없을 거라고 생각하십니까? 우리, CIA입니다."

그 말에 짐 베머는 심장이 덜컥 내려앉는 느낌을 받았다. 그랬기에 다급하게 말을 바꿨다.

"그거 합법입니다! 합법!"

그 말에 CIA 국장이 잔인한 얼굴로 말했다.

"물론 미국에서 로비는 어느 정도는 합법입니다. '어느 정도는' 말이죠."

그러나 그다음 발언을 하는 국장의 눈빛은 차갑기 그지없
었다.

"하지만 그 이상 받아 처먹으신 것 같던데요?"

"그거야…… 어디까지나…… 나라를 위해 일하다 보니……."

"나라를 위해서라……. 증거 있습니까?"

"뭐요?"

"나라를 위한다는 증거 말입니다. 지금 이게 나라를 위한
겁니까?"

"아니, 사우디아라비아가 페트로 달러에서 벗어나려 하는
게 우리 잘못이라 이겁니까?"

짐 베머는 다급하게 태클을 걸었다.

그 모습에 이번에는 FBI 국장이 입을 열었다.

"네."

"네……라니? 무슨 말인가?"

"저희 분석으로는 사우디아라비아가 처음부터 이탈하려고
하지는 않았습니다. 사실상 엄포에 가까웠죠. 그런데 그런
사우디아라비아가 적극적으로 나서게 한 게 바로 한국, 정확
하게는 미다스와 마이스터입니다."

그 말을 들은 빌 웨이든은 눈을 찡그렸다.

"하지만 이건 선을 넘지 않소? 고작 한국 따위가."

비록 빌 웨이든이 짐 베머에게 화를 내기는 했지만, 이 정

도 결정을 짐 베머가 독단적으로 할 수는 없다. 당연히 짐 베머가 제안하고 빌 웨이든이 허락한 것이었다.

"우리는 미국입니다. 자랑스러운 미국. 동양의 작은 나라가 감히 넘볼 수는 없어요!"

기회를 틈타서 짐 베머가 목소리를 높이자 듣고 있던 CIA 국장이 눈을 찡그렸다.

"작작 좀 하세요."

"작작? 지금 작작이라고 했소?"

"우리가 아프가니스탄에서 왜 실패했습니까?"

"그거야……."

"현지에 대해 전혀 이해하지 않고 압박으로 모든 걸 해결하려고 했기 때문 아닙니까? 솔직히 그 자랑스러운 미국이 아프가니스탄에서 반군 몇몇을 못 이겨서 손 털고 나오려고 한 건 사실 아닙니까?"

"그거야……!"

"아프가니스탄에서만 그랬습니까? 베트남은 어땠습니까? 아니면 다른 나라들은요?"

"무슨 말을 하고 싶은 겐가?"

"미국이 다른 나라에서 실패하는 가장 큰 이유는 다름 아닌 그 나라를 이해하지 않으려고 하기 때문입니다."

CIA 국장은 목소리를 높였다.

자신들이 죽어라 정보를 모으면 뭐 하나, 위에서 그걸 개 무시하는데.

그게 쌓이고 쌓였고, 그는 이번에 모두 터트릴 생각이었다.

"그거야 민주주의를 위해서……."

"아니, 말은 똑바로 하죠. 민주주의에 관심이나 있습니까? 진정으로 민주주의를 위한다면 그딴 식으로 굴면 안 되죠. '의회를 위한, 민주주의를 위한'이라는 핑계는 대지 맙시다."

"뭐요?"

"전 세계에는 민주주의국가보다 독재국가나 왕정 국가가 더 많습니다. 만일 민주주의를 위해서라면 중국이나 러시아부터 때려잡았어야죠."

"그건…… 그 나라의 정치를 존중……."

"그러면 아프가니스탄은 뭐, 존중해서 들어갔습니까?"

결국 이권과 패권 문제일 뿐이다.

그런데 매번 민주주의라는 가면을 쓰고 결과적으로는 상대방을 압박하려 드는 것이다.

"솔직히 말해서 한국에서 상온 초전도체라도 개발하면 한국에도 민주주의를 배달한다고 들어갈 겁니까?"

"아무리 그래도 동맹국인데, 들어갈 리가 없지요."

"그런데 왜 동맹국을 쥐어짜려고 합니까?"

"그거야 그쪽은 여력이 있으니까……."

"그건 상대적인 거죠. 한국도 곡소리 난다고 징징거립니다. 아니, 멀리 갈 필요도 없습니다. 사우디아라비아와 척진

이유가 뭡니까?"

사우디아라비아의 기자 한 명을 정부에서 체포했다. 왕정
국가인 사우디아라비아에서 왕정을 부정했기에 반역으로 체
포했던 것.

"그때 제가 뭐라고 했죠?"

절대로 사우디아라비아 왕가와 척져서는 안 된다.

그 나라의 문제고 그 나라의 기자 문제다.

하다못해 해당 기자가 미국인이라면 모를까, 그것도 아니다.

"그런데 당신 같은 정치인들이 벌집 쑤시듯이 쑤신 거 아
닙니까!"

그러나 미국의 정치인들은 이참에 사우디아라비아를 조져
보자는 생각으로 이 악물고 물어뜯었고, 사우디아라비아 입
장에서는 그게 단순히 기자 한 명의 인권 문제가 아니라 왕
정의 보호 문제이기에 마찬가지로 이 악물고 반격하기 시작
했던 것.

"인권을 챙기려면 러시아나 중국부터 공격했어야죠. 아
니, 전 세계를 대상으로 전쟁할 것도 아니고."

"하고 싶은 말이 뭔가?"

빌 웨이든은 CIA 국장의 말을 잘랐다.

그가 언급하는 일에 자신의 책임도 없지 않았기에 심기가
불편했기 때문이다.

"각하, 현지에 대한 이해를 정치에 접목해야 합니다. 지금

한국과 사우디아라비아가 손잡은 건 단순히 우리가 좀 쥐어 짰기 때문이 아닙니다. 여차하면 자기들을 버릴 수 있다고 생각해서입니다."

"자기들을 버릴 수 있다?"

"그렇습니다. 프랑스의 핵 개발을 생각해 보십시오."

"으음……."

그 말에 빌 웨이든은 아무런 대꾸도 하지 못했다.

프랑스가 핵을 개발하기로 결정했을 때 미국은 핵우산을 제공하겠다며 개발을 만류했다.

하지만 그 당시 프랑스 대통령은 그 압박에도 불구하고 '미국이 파리를 위해 뉴욕을 희생할 수 있느냐?'라고 물었고, 미국은 침묵했다. 그랬다가는 선거에서 지니까.

그 결과 프랑스는 핵을 개발했다.

"지금의 한국이 그렇습니다. 한국은 미국이 자기들을 지 켜 주지 않을 거라고 확신하는 분위기입니다."

"우리가 그들을 지켜 주지 않는다고?"

"애초에 스스로 지켜야지, 그게 무슨 말입니까?"

"그게 문제란 말입니다."

당연히 스스로 지킬 힘을 가지는 게 기본이다. 다만 그건 경제적인 영역도 마찬가지다.

"우리가 압박을 통해 시장을 빼앗으면 한국은 살기 위해 중 국이나 러시아로 갈아탈 가능성이 있습니다. 일본과는 완전히 다릅니다. 지금 상공회의소는 완전히 착각하는 거예요."

과거의 일본처럼, 미국이 압박하면 한국도 굴종하고 잃어
버린 30년을 감수할 거다, 애초에 한국에 대해 제대로 이해
하려 들질 않았으니 그렇게 믿고 있었던 것.

"그래 봤자 그들이 뭘 할 수 있다는 겁니까? 동양의 조그
만 나라일 뿐인데."

"그래요? 그러면 우리가 지금 당하는 건 뭡니까? 만일 한
국과 사우디아라비아가 진짜로 페트로 달러에서 벗어난다면
어쩔 겁니까?"

그 말에 짐 베머는 아무런 소리도 못 했다.

사실 한국이 물어뜯든 말든 그는 알 바 아니다. 하지만 사
우디아라비아는 다르다.

"그래서, 우리가 한국에 굴복해야 한다는 겁니까? 그 쪼그
만 나라에?"

할 말이 없으니 남은 것은 자존심뿐.

짐 베머는 소리를 바락바락 질렀다.

그런 그에게 FBI 국장이 차갑게 말했다.

"그러면 그렇게 발표하면 되겠군요."

"뭘요?"

"주요 정유 회사들이 손해 보는 이유는 짐 베머 당신의 자
존심을 지키기 위해서다, 라고."

그 말에 짐 베머는 눈을 크게 떴다.

그랬다가는 자신은 살아남지 못한다.

중국과 일본에서 막대한 돈을 받으면 뭐 하나.

소송? 소송이 들어오면 차라리 다행이다. 소송해 봐야 통치행위이니 배상금이 나오지는 않을 테니까.

하지만 그 기업들이 손해를 보고도'어쩔 수 없지.'라며 그저 인내하지만은 않을 거다.

가장 먼저 짐 베머를 실각시킨 후에, 그에 대해 누구도 신경 쓰지 않게 되었을 때 그의 가족의 대가리를 날려 버릴 기다.

"그건……."

"저희는 경호 못 해 드립니다."

"우리는 경고했습니다."

FBI와 CIA가 경고하며 선을 그어 버리자 지켜보던 빌 웨이든은 복잡한 얼굴이 되었다.

그러나 어떤 해결책도 내놓지 못하고 그저 침묵만을 지킬 뿐이었다.

⚖️

"짐 베머가 침묵을 지키고 있다고 하더군요."

강훈은 짜장면으로 입 주변을 시커먼 색으로 물들이며 함박웃음을 지었다.

"그게 그렇게 맛있습니까?"

"맛있죠. 죽어라 샌드위치만 드셔 보세요. 미국 음식은 제 췌장에 너무 부담된단 말이죠."

순식간에 짜장면 곱빼기 한 그릇을 뚝딱한 강훈 요원은 냅킨으로 입 주위를 닦으며 말했다.

"그래서 뭐, 포기한답니까?"

"아니요. 그게 불확실하답니다."

"그렇겠죠."

이대로 물러나자니 자존심이 상하고, 그렇다고 계속 싸우자니 사우디아라비아는 부담스럽다.

"분명히 우리와 사우디아라비아를 찢어서 개별적으로 공략할 기획을 하고 있을 겁니다."

"그렇겠죠."

"그나저나 CIA에서는 그냥 둘 겁니까?"

"물론 그냥은 안 두죠."

CIA에 있어서 노형진은 중요한 거래 대상이다.

신분을 보장하는 대신에 수익을 낼 수 있는 정보를 일부 공유한다.

은밀한 자금이 필요한 CIA 입장에서는 절대로 포기할 수 없는 조건.

물론 그렇다고 해서 미국과 적대하는 대상과 손잡지는 않을 거다.

"본사에서는 이번 기회에 짐 베머를 날려 버릴 생각이더군요."

"그래요?"

"사실 짐 베머가 문제를 많이 일으켰습니다."

미국 우선주의. 그건 CIA 입장에서도 나쁜 게 아니다.

전 세계의 그 어떤 나라도 자국을 우선하지 다른 나라를 우선할 수는 없다.

"하기야, 짐 베머가 자국민 우선주의를 내세우면서 타국에 피해를 많이 입혔죠."

아무리 입장 차이라지만 국제적 입장은 생각하지 않고 자국민만 우선시하는 그의 행동은 적을 많이 만들었다.

"사실 그럴 수는 있죠. 문제는 그 새끼가 돈을 너무 밝힌다는 겁니다. 누가 상공부 소속 아니랄까 봐 말이죠."

그 과정에서 막대한 로비를 받고 뇌물을 챙겨 도리어 미국에 피해를 주는 모습이 발각되어서, 은밀하게 기회만 노리고 있었다는 것.

"그러면 이제 마지막으로 쐐기만 박으면 되겠네요."

"물론 그가 없어진다고 해도 미국에서 한국을 1급 동맹으로 인정하지는 않을 겁니다."

"올려 준다고 해도 저희 쪽에서 거절하겠습니다."

1급 동맹이 되기 위해서는 사실상 중국과 러시아 시장을 모조리 버려야 한다.

러시아야 이미 국가적 봉쇄로 인해 어쩔 수 없다지만, 중국 시장을 포기하는 경우 한국은 제2의 IMF를 피할 수 없게 된다.

"그러면 본사에는 미리 준비하라고 이야기하지요."

강훈이 자리에서 일어나며 말했다.

"네, 그러면 이만."

그가 떠나자 노형진은 핸드폰을 들었다. 그러고는 느긋한 목소리로 말했다.

"로버트 씨? 준비한 거 터트리세요. 이제 마무리 지을 시간입니다, 후후후."

중립의 무기

　한국이 미국과 친밀하고 주요 동맹국인 건 사실이다. 하지만 그것과 별개로 한국이 미국의 노예이거나 속국인 것은 아니다.

　"하지만 정치인들은 권력을 잡으면 자기들의 속국이 되기를 원한단 말이지."

　노형진은 혀를 차며 말했다.

　"그런데 이거, 도리어 미국이 원하는 대로 하는 거 아닙니까?"

　"아니죠. 도리어 미국을 곤란하게 하는 겁니다."

　로버트는 노형진의 말에 입맛을 다셨다.

　"왜요? 미국을 곤란하게 한다고 하니까 뭔가 찝찝한가요?"

　"아뇨. 그럴 리가요. 자본주의자에게 국적은 의미가 없죠."

"그런데요?"

"미국이 과연 속아 넘어갈지 걱정되어서요."

"상관없습니다. 어차피 절대로 불가능한 일이니까요."

"하긴, 그건 그러네요."

노형진이 고개를 끄덕거리는 그때, 누군가가 호텔의 방문을 두들겼다.

"잠시만요."

노형진에게 양해를 구한 로버트가 입구로 다가가 문을 열자 그 앞에는 건장한 사내 세 명이 서 있었다.

"알렉세이 게르노프 씨 맞습니까?"

"네."

"들어오시죠. 뒤의 분들은?"

"믿을 만한 사람들입니다."

"네, 들어오세요."

알렉세이 게르노프가 안으로 들어와 기다리던 노형진에게 인사를 했다.

"알렉세이 게르노프입니다. 알렉세이라고 불러 주시면 됩니다."

"노형진입니다."

알렉세이는 노형진의 맞은편에 자리 잡고 앉자마자 단도직입적으로 물었다.

"저희 조국이 시간이 없어서 단도직입적으로 묻겠습니다.

저희와 거래하고 싶으시다고요?"

알렉세이는 우크라이나의 요원이다.

수많은 사람들이 전쟁터로 끌려간 시점에서 그는 마음이 급할 수밖에 없었다.

"지금 우크라이나에 도움이 많이 필요한 것으로 알고 있는데요."

"그렇습니다."

"하지만 미국을 비롯한 유럽에서는 추가적인 무기 공급이 제한되고 있죠. 아닌가요?"

"부정하지는 않겠습니다."

미국과 유럽은 절대로 충분한 무기를 공급하지 않는다.

정확하게는 소비된 만큼만 채워 줄 뿐, 반전을 꾀할 정도로 충분한 무기를 주지는 않는다.

"그나마 마이스터에서 지원해 주는 덕분에 저희가 버티고 있기는 합니다."

물론 마이스터도 공식적으로 지원해 주는 건 아니다.

우크라이나에 막대한 드론과 무인화 병기를 지원해 주고 있기는 하지만, 그 돈은 미국과 유럽에서 내는 조건이다.

그 돈이 충분한 건 아니기에 더 달라고 읍소해도 줄 수가 없고.

"조만간 대대적인 반격을 해야 하는 상황에서 무기 보급이 쉽지 않다고 들었습니다."

"저희는 최선을 다하고 있습니다."

혹시나 마이스터에서의 지원이 끊어질까 두려워서 알렉세이는 다급하게 말했다.

"아, 물론 알고 있습니다. 그걸 뭐라고 하는 건 아닙니다. 다만 저희가 정치적으로 곤란한 입장이라서 우크라이나의 도움을 받을 수 있을까 해서요."

"정치적으로 마이스터가 곤란하다고요?"

"미 정부의 압박을 받고 있는데 그들의 압력을 줄여야 하거든요."

"으음……."

그 말에 알렉세이는 섣불리 대답을 못 했다.

미 정부를 자극하면 지원이 끊길 수 있기 때문이다.

물론 마이스터가 지원해 주고 있지만 기본적으로 마이스터는 기업이니 수익이 우선이다.

그리고 아무리 마이스터의 무인화 장비가 좋다고 해도 결국은 딱 거기까지지, 마이스터의 무인화 장비로 전쟁을 끝낼 수는 없다.

"미 정부와 적대하라는 게 아닙니다."

"그러면요?"

"미 정부를 정신없이 압박해야 한다는 거죠."

"어떻게 말입니까? 저희가 압박한다 한들 미 정부에 영향이 미칠 리가 없지 않습니까?"

"물론 우크라이나 입장에서는 그렇죠. 하지만 국제적 질서에 대한 대답이 달라진다면 이야기가 달라지죠."

"무슨 말씀이신지?"

"얼마 전에 러시아에서 핵무기 사용을 시사했죠? 아닙니까?"

그 말에 알렉세이의 얼굴이 딱딱하게 굳었다. 알고 있으니까.

그리고 그걸 기준으로 전 세계에서 무기의 공급이 줄어들기 시작했다.

'그게 그나마 조금씩 풀리는 건 나중 일이지.'

당장 핵무기 운운하지만 러시아는 끝내 그걸 사용하지는 못한다.

왜냐, 그걸 사용하는 순간 전 세계에 핵무장의 광풍이 몰아칠 테니까.

나중에 러시아는 터무니없는 종전 조건을 제시한다.

첫 번째, 우크라이나의 전면적 항복. 즉, 러시아로의 편입.

두 번째, 나토에 가입한 구소련 출신 국가들의 탈퇴.

사실상 전쟁을 통해서라도 구소련을 부활시키겠다는 계획을 노골적으로 드러낸 것이다.

물론 그걸 받아들일 미친놈들은 없었다.

"중요한 건 나토에 가입한 나라들이 러시아에 강력한 의심을 품고 있다는 거지요."

"그건 당연한 거 아닙니까?"

러시아는, 아니 러시아의 현 대통령인 체르덴코는 한때 현명한 대통령 중 하나로 전 세계의 신임을 받았다.

　그러나 많은 독재자들 역시 초기에는 현명한 대통령으로 추앙받는다. 그렇기에 정치인을 판단할 때는 과거가 아닌 현재를 기준으로 이야기해야 한다.

　체르넨코는 현재 이제는 사라진 소련의 부활을 원하고 있고, 실제로 공공연하게 구소련 해체 후에 독립하여 나토에 가입한 국가들에 나토에서 탈퇴할 것을, 아니 나토의 모든 국가들에게 그들을 쫓아낼 걸 요구하기도 했다.

　그래야 나토라는 적과 싸우지 않고 그들을 침략할 수 있기 때문이다.

　"그러니까 이쪽에서 약간의 블러핑을 칠 수 있습니다."

　"어떤 블러핑 말입니까? 애초에 우리에게는 블러핑 같은 걸 칠 여력이 없습니다."

　전선에서 매일같이 수많은 사람이 목숨을 잃고 있다.

　마이스터에서 무인 무기들을 지원해 준다고 해도 아예 도시 자체를 지워 버릴 생각으로 쏴 대는 놈들의 공격을 피할 수는 없다.

　"그리고 우리가 블러핑을 치는 걸 미국이 기분 나빠하면? 우리는 끝장입니다."

　알렉세이가 기겁하면서 말했다.

　그리고 노형진도 그 사실을 잘 알고 있었다.

　"그렇기에 절대로 미국이나 유럽에 블러핑을 할 수는 없죠."

"알면서 왜 그런 말씀을 하시는 겁니까?"

"그러니까 중국에 쳐야죠."

"네? 중국요?"

"네."

"아니, 이해가 안 가는데요?"

"지금 러시아는 온갖 무기가 부족합니다. 그 부족한 무기의 공급처가 누굽니까?"

"그거야…… 중국이죠."

"그러면 러시아와 전 세계를 이어 주고 있는 나라는요?"

"그것도 중국이죠."

전 세계에서 경제봉쇄를 했지만 효과가 약한 이유는 간단하다. 중국과 인도가 대신 수입해서 추가 비용을 받고는 러시아에 통째로 넘기고 있기 때문이다.

그리고 그 대신에 러시아의 기름을 아주 헐값에 사서 비싼 가격에 전 세계에 팔아먹고 있다.

그렇기에 러시아에 대한 대대적인 경제봉쇄 정책이 효과를 발휘할 리가 없다.

중개상 한 명이 끼어들어서 돈을 챙길 뿐이지, 진짜로 러시아의 경제봉쇄가 이루어진 상황은 아니기 때문이다.

물론 어느 정도 효과가 있는 건 사실이지만 러시아가 경제적으로 몰락해서 국가가 전복되거나 체르덴코가 실각할 정도의 힘은 안 된다는 거다.

"그게 중요한 거죠."

"뭐가요?"

"지금 러시아가 뭐라고 하고 있죠?"

"당연히 우리 우크라이나를 지배하려고 하고 있지 않습니까?"

노형진은 그 말에 고개를 흔들었다. 그러고는 알렉세이의 말을 고쳐 줬다.

"그건 그의 행동이고, 그가 하는 말에 대해 묻는 겁니다."

"그가 하는 말이라뇨?"

"지금 체르덴코는 핵 카드를 꺼내 들었습니다."

"으음……."

사실 체르덴코는 핵폭탄을 쓸 수 없다.

하지만 그는 핵폭탄 카드를 만지작거리면서 위협하고 싶어 한다.

심지어 원래 역사보다 훨씬 더 빠르게 핵폭탄이라는 카드를 꺼내 들었다.

이유는 간단하다. 마이스터의 무인 드론 전략으로 인해 러시아군의 전략이 더더욱 먹히지 않는 데다 진격마저 더더욱 느려졌으니까.

전이라면 압도적 포병으로 적을 깨부수며 전진했겠지만 마이스터의 작전으로 인해 무기를 쌓아 둔 곳들이 집중 공격당한 데다가 전보다도 훨씬 더 많은 인원이 죽어 나가고 있다.

당장 원역사에서는 참호전에서 서로 죽고 죽이지만 현시

점에서는 참호라는 게 아주 강력한 방어력을 자랑하지 못하고 있었다.

회귀 전과 달라진 것 중 하나가 바로 드론 집단군 전술이다.

회귀 전 드론 전술은 한두 개 정도의 드론이 날아가서 자폭하든 미사일을 쏘든 하는 게 일반적이었으나, 마이스터에서 만든 총탄을 발사할 수 있는 저격형 드론은 적게는 수십, 많게는 수백 대가 한 지점으로 날아가서 아예 그 지역의 참호를 쑥대밭으로 만들기 때문이다.

최초로 시작된 드론 집단군 전술에 러시아가 허둥거리면서 대응책을 찾고 있었지만 애초에 그게 쉬울 리가 없었다.

대드론 무기라고 할 만한 건 사실상 없을뿐더러 총을 쏴서 떨어트리자니 이쪽은 멀어서 보이지도 않는 수준인데 드론은 카메라의 줌을 이용해 병사들을 하나하나 저격해 버리고, 대공포 같은 건 자폭 드론의 1순위 타깃으로 처리되어 버린다.

그렇다고 저격을 막기 위해 유개호를 만들면 하늘을 보면서 방어할 수 없는 유개호의 특성을 이용해 자폭 드론을 날려 통째로 무덤으로 만들었다.

심지어 단순히 병사들을 밀어 버리는 것으로 끝이 아니었다.

우크라이나는 단순히 적을 죽이는 것에서 그치지 않고, 징집병들을 지키고 감시하는 러시아 고위 장교만을 노려 사살해 징집병들의 탈주를 유도하고 있었다.

그랬기에 회귀 전과는 다르게 러시아의 참호전 방어는 제

역할을 하지 못하는 중이었다.

러시아는 자기들이 살기 위해 2차대전 때처럼 징집병 뒤에 독전대를 배치해 운영하고 있지만, 그 사실을 알고 있는 우크라이나군이 가장 먼저 독전대부터 죽이고 있기에 정작 인원을 밀어 넣는 족족 항복하는 상황이었다.

그 바람에 체르덴코가 마음이 조급해져서 핵무기라는 카드를 꺼내 흔들게 된 것이었다.

"그걸 블러핑에 쓰자는 겁니다."

"네? 그게 무슨 말입니까? 그걸 어떻게 블러핑으로 써요? 진짜 러시아에서 핵을 쏠 거라고 주장이라도 하란 말입니까?"

"그게 아닙니다. 중국에 정당한 요구를 하세요."

"정당한 요구?"

"잊고 있으신가 본데, 우크라이나의 핵우산 제공 국가는 중국입니다. 미국이 아니라요."

사람들은 미국에서 우크라이나에 핵우산을 제공하고 있다고 생각한다.

실제로 우크라이나를 지원하는 것도 미국과 서방이니 그렇게 착각하는 게 이상한 건 아니다.

"그런데요?"

"그걸 확답을 요구하세요."

"중국에다 대고 우리에 대한 핵우산 제공을 보증하라고 하란 말입니까?"

"뭔 말도 안 되는 소리입니까? 중국이 미쳤다고 그걸 보증하겠습니까?"

우크라이나는 과거에 전 세계 5위 안에 드는 핵 강대국이었다.

물론 진짜로 그들이 핵무기를 개발해서 배치한 게 아니다.

그들이 5위 안에 드는 핵 강대국이었던 이유는 소련이 해체되면서 기본적으로 구소련의 무기 소유권이 그 지역에 발생한 국가로 넘겨졌기 때문이다.

우크라이나는 과거 냉전 시대에 서방과의 최전선에 위치해 있었고, 이러한 입지적 특성으로 인해 미국이나 유럽까지의 사거리를 최대한 확보하려는 목적으로 어마어마한 숫자의 핵무기가 배치된 덕에 소련이 무너지면서 순식간에 핵 강대국이 된 것이었다.

"그걸 포기해서는 안 되는 거였는데."

"그랬죠. 일부라도 남겨야 했습니다."

그런데 우크라이나는 그걸 포기했다.

사실 포기할 수밖에 없었다. 핵무기를 관리한 능력도 없었고, 딱히 팔 수도 없는 상황이었으니까.

당장 관리가 안 되는 핵무기들이 관리 소홀로 폭파하거나 테러 단체로 넘어가는 건 미국과 서방에 있어 악몽이었고, 만일 핵무기를 외부로 넘기면 전 세계가 우크라이나를 침략할 게 뻔했다.

그랬기에 그 당시 모든 나라들은 우크라이나를 압박해 핵무장을 포기하게 했다.

그 결과, 우크라이나는 모든 핵무기를 러시아에 넘기고 러시아가 잉여 핵무기를 해체하며, 우크라이나의 안전을 위해 중국에서 핵우산을 제공하고 그걸 미국을 비롯한 다른 서방 국가들이 보장하는 형태로 조약이 맺어졌다.

"중국은 절대로 우리에게 핵우산을 제공하지 않을 겁니다. 지금 러시아에 부족한 무기를 팔아먹고 있는 게 중국이라는 걸 잊으시면 안 됩니다."

"네, 알고 있죠. 그렇기에 우크라이나가 핵으로 폭격받아도 중국은 절대로 핵우산을 제공하지 않을 겁니다."

도리어 지금의 중국은 러시아가 파워를 키워서 구소련만큼이나 강력해지면 함께 미국을 없애 버리는 걸 꿈꾸고 있다.

그런 놈들이 우크라이나에 핵우산을 제공할 리가 없다.

"그걸 확실하게 하시는 겁니다."

"무슨 의미인지 모르겠네요."

"한국에는 이런 말이 있습니다. '보증 잘못 서면 패가망신한다.'."

"그 말이 이번 전쟁과 무슨 관계가 있다는 거죠?"

"만일 중국에서 우크라이나의 핵우산 보장 요구에 반응을 보이지 않거나 거절한다면 누가 그걸 대신 보장해야 할까요?"

"그거야······."

잠시 고민하던 알렉세이는 문득 흠칫했다.

당연히 누구도 보장하려고 하지 않을 거다.

"우리더러 핵우산에서 벗어나라 이겁니까?"

"아니요. 정확하게는 보장이라는 건 대신 책임지는 행위라는 거죠."

예를 들어 누군가 빚 보장을 해 주는 것은 상대방이 빚을 갚지 않았을 때 대신 갚아 주겠다는 의미다.

과거에 은행권에서 악착같이 보증인을 요구한 이유가 그거다.

자기들은 아무런 위험부담 없이 사업을 하고 싶었기 때문이다.

"국제 관계도 마찬가지죠."

단순히 약속하는 것을 넘어서, 분명 그 당시 조약에서 미국과 유럽의 핵보유국들은 중국에서 우크라이나에 핵우산을 제공한다는 걸 보장했다.

"잠깐, 그러면?"

"네, 법적으로 보면 이 경우 핵우산을 제공하는 건 미국과 유럽 각국이 됩니다."

보장을 했으니까, 그 책임을 자신들이 져야 하는 것이다.

"그걸 요구하라 이겁니까?"

"물론 대놓고 요구하면 안 됩니다. 그들이 무기와 돈을 지원하는 건 사실이니까요."

그 상황에서 '우리에게 핵무장을 제공하라.' 또는 '핵우산을 보장하라.'라고 요구하면 그들의 눈에는 물에 빠진 놈 건져 났더니 보따리 내놓으라는 모습으로 비칠 거다.

"그걸 아는데도 요구하라는 겁니까?"

"그걸 알기에 하라는 겁니다. 나토의 상당수는 구소련의 붕괴 이후에 가입한 나라들입니다."

실제로 같은 나토지만 그 나라들의 현 상황에서의 대응은 전혀 다르다.

구 나토 국가들, 그러니까 미국을 위시한 영국, 프랑스 등은 '무기와 돈을 지원해 주겠다.' 정도지만 구소련 출신의 국가들은 자신들의 영혼까지 털어 가면서 우크라이나에 제공하고 있는 상황이다.

"그 이유가 뭐겠습니까?"

"당연히 자기들이 다음 타깃이 될 거라 확신하기 때문입니다."

실제로 체르덴코의 목적은 구소련의 부활이다.

그런데 어찌어찌해서 구소련이 부활했다고 치자. 그러면 그걸로 끝일까?

아니다. 구소련의 궁극적인 목적은 전 세계의 공산화와 지배였다.

"그러니까 우크라이나 다음은 자신들이라는 걸 아는 거죠."

"그래서요?"

"그런데 만일 핵우산 제공이 안 된다면, 그리고 러시아의

핵 위협에 나토가 굴복해서 우크라이나를 지원하지 않겠다
고 하면 어떻게 될 것 같습니까?"

그 말에 알렉세이의 눈동자가 흔들렸다.

물론 우크라이나는 나토가 아니니 상호방위조약 같은 건
없다. 그렇기에 나토는 지금까지 무기와 돈은 지원해도 병력
만은 보내 주지 않은 것이다.

"중요한 건 조약이 파기되었다는 것입니다."

그것도 두 번이나, 강대국에 의해 말이다.

중국이라는 거대한 국가에서 다른 것도 아니고 핵우산이라
는 국가의 존망이 걸린 조약을 파기하고, 그 후에 보장이라는
형태로 보완해 주기로 한 미국과 유럽이 그걸 거부한다?

한번 믿음이 깨지기 시작하면 모든 게 무너지는 법이다.

나토의 상호방위조약? 러시아의 핵 위협에 한번 굴해서
중국도, 미국도, 러시아도 포기했는데 그게 얼마나 효과가
있을까?

"더군다나 나토 꼴을 보면 아실 텐데요?"

책임이 분산되면 누구도 최선을 다하지 않는다.

그렇기에 나토 국가들의 국력은 과거에 비하면 터무니없
이 약하다.

천하의 독일이 기관총이 없어서 탱크 위에 빗자루를 거치
할 정도이니 말이다.

그런데 그런 나라가 과연 전쟁이 터졌을 때 상호방위조약

에 따라 전쟁을 위한 병력을 보낼까? 보낸다 하더라도, 그 부대의 질과 양을 보장할 수 있을까?

"당연히 없을 겁니다. 최소한 현시점에는 그렇죠."

각 나라는 이제야 분위기가 이상하다는 걸 느끼면서 다급하게 군비를 확장하고 있지만, 군비라는 게 그렇게 쉽게 확장되는 게 아니다.

당장 나토의 표준 전차라 불리는 레오파드 전차도 주문량을 다 채우는 데 10년은 걸릴 거라 생각한다.

심지어 이것도 최대한 좋게 해석한 거고, 다른 무기들을 생각하면 답이 없는 수준.

"우크라이나가 뭔가를 할 이유는 없습니다."

우크라이나는 그저 국가 간의 보호조약이 얼마나 개판인지, 그리고 얼마나 공허한지를 보여 주기만 하면 된다.

그러면 러시아와 싸워야 하는 구소련 국가들은 확신이 떨어질 테고, 자연히 어떤 생각을 하게 될 것이다.

"아마도 핵무장을 하고 싶어 하겠지요."

그 말에 알렉세이의 눈동자가 흔들리기 시작했다. 무시할 수 없는 말이니까.

핵무장은 모든 국가와 국민의 꿈이다. 하지만 못 한다. 할 수가 없다.

기존 국가들이 어떻게든 핵무장을 막으려고 하기 때문이다.

그래서 그 대신에 보장하는 것이 바로 핵우산이다.

"그런데 핵우산이 무용지물이라면 어떨 것 같습니까?"

중국은 핵우산을 제공하지 않겠다고 하거나 아예 답변을 하지 않을 거다. 이 중 확률이 높은 것은 후자다.

그런데 그런 경우 다른 나라 역시 핵우산에 대한 답변을 하지 않을 테니 핵우산의 제공에 문제가 생긴다.

"중국은 사실 그런 나라입니다."

"으음……."

그 말에 알렉세이는 고개를 끄덕거렸다.

과거, 전 세계가 중국에 대해 잘 모르던 시절도 있었다.

하지만 코델09바이러스 시기를 전후해서 그들은 자기들의 본모습을 보이고 있었다.

소위 말하는 전랑 외교라는 이름으로 전 세계를 적대하고 물어뜯는 모습을 보인 것으로도 모자라 약속을 헌신짝처럼 버리기까지 하니 믿음이 사라지는 건 당연한 일.

"그러니 그걸 자극하세요."

"중국을 대상으로 블러핑을 한다라……."

"네, 미국이 아니라 중국입니다. 물론 미국과 서방세계는 찔끔할 거고요."

그러면 어떻게 될까?

당연하게도 구소련 출신의 국가들이나 핵우산의 방어를 받는 나라는 그걸 믿지 않고 핵무장을 외치기 시작할 것이다.

그간 핵우산이 작동되었던 가장 큰 이유는 핵우산을 제공하기로 한 나라들이 약속을 지킬 거라는 믿음이 있었기 때문이다.

그러나 이제 그 믿음은 사라졌고, 그건 보장을 실행하지 않는 미국과 서방세계 역시 마찬가지다.

"그러면 미국은 어떻게 해야 할까요?"

바로 이 부분의 상황이 애매하다.

하지만 노형진은 그 상황을 명확히 할 방법을 알고 있었다.

"우크라이나는 채권자입니다."

"그게 무슨 말입니까?"

"핵우산을 제공해 줄 것을 언제든 요청할 수 있다는 거죠."

그러나 알렉세이는 기나긴 설명을 들었음에도 여전히 망설이는 모습이었다.

"누차 말했지만 그렇게 되면 밉보입니다."

"그렇기에 더더욱 이걸 문제 삼아야 합니다. 미국과 서방은 절대로 이 문제가 공론화되기를 원하지 않습니다. 그렇다면 어떻게 할까요?"

"그거야…… 아하!"

당연하게도 이런 문제가 생기는 걸 방지하기 위해 무슨 수라도 써야 한다.

"원래 친구끼리는 서로 관계가 좋으면 빚 문제도 덮고 넘어가기 마련이거든요."

그렇다면 좋은 관계임을 어떻게 어필할 수 있을까?

"핵무장도 불가능한데 핵우산도 제공되지 않는다면 방법은 하나뿐이죠."

노형진은 씩 하고 웃었다.

⚖️

얼마 후 우크라이나의 대통령 카진스키는 미국의 대통령 빌 웨이든과 진지한 얼굴로 화상회의를 하고 있었다.

─현시점에서 그들은 핵우산 제공을 거부했습니다.

"자 자, 카진스키 대통령. 오해하지 마시오. 중국도 상황이 그렇지 않소?"

─저희는 중국이 러시아에 무기나 식량 그리고 산업용품을 공급하는 것에 대해 항의하는 게 아닙니다. 저희가 원하는 것은 원래 약속한, 우크라이나에 대한 핵우산의 제공입니다. 아시잖습니까? 체르덴코는 미친놈입니다. 상황에 따라서는 진짜로 핵을 쓸지도 모릅니다.

"하지만 그건 블러핑이라고 하지 않았소."

─크림반도를 침략할 때도 그들은 크림반도를 노리지 않는다고 했

습니다. 그러나 결국 흡수합병 했죠. 이번에 우리를 침략할 때도 그들은 우크라이나의 병합이 목적이 아니라고 했습니다. 그러나 우리 국민들을 총으로 위협해서 통합 합의서에 사인하게 만들었죠. 그런데 이제 그들은 구소련의 부활이 목적이 아니라고 말하고 있습니다.

"그거야……."

—우리가 소련의 일부였기에 압니다. 그건 공산권 특유의 화전 양면 전술입니다.

앞에서는 웃으면서 뒤에서는 칼로 찌를 기회를 노린다.
공산권에서 가장 선호하는 전략인 그것을 지금 러시아가 애용하고 있었다.
크림반도 합병에서도, 조지아 전쟁에서도 그들은 입으로는 평화를 외치면서 타국의 땅을 자기들의 땅으로 끊임없이 편입시키고 있다.

—중국에서 사실상 핵우산의 제공을 거부한 상황이니 미국에서 어떻게 해 주셔야 할 것 같습니다.

"어떻게 해 달라니?"

-미국과 영국 그리고 프랑스가 보장하셨던 조약 아닙니까?

"끄응……."

그 말에 빌 웨이든은 머리가 아파 왔다.

확실히 그렇다. 보장이라는 것은 책임지겠다는 말이다.

문제는 우크라이나가 원하는 대로 자신들이 핵우산을 제공할 수는 없다는 거다.

왜냐하면 그랬다가는 진짜로 중국이 눈깔을 까뒤집을 테니까.

자기들이 약속을 지키지 않은 것과 별개로 다른 나라가 자기들의 자존심을 건드리면 어떻게든 보복하는 게 바로 중국이다.

다른 나라가 대신 핵우산을 제공하겠다고 하면 바로 보복할 거다.

최악의 경우 러시아와 손잡고 우크라이나를 대대적으로 침공할지도 모른다.

물론 뉴욕이나 워싱턴에 핵미사일을 날리지는 않겠지만, 그렇잖아도 복잡한 경제 전쟁에 연일 경제성장률이 하락하고 있는 상황에서 더 이상 방법이 없었다.

"내 다른 나라들과 이야기해 보리다."

결국 빌 웨이든이 선택할 수 있는 건 그것뿐이었다.

그는 화상회의가 끝나자마자 바로 다급하게 회의를 소집

했다.

"어떻게 생각하시오. 중국에서 핵우산을 제공할 거라 생각하오?"

"그럴 리가 없습니다. 전임이라면 모를까, 현임인 샹량펑은 절대 핵우산을 제공하지 않을 겁니다. 심지어 다른 나라도 아닌 러시아를 상대로요?"

"끄응."

CIA 국장의 말에 빌 웨이든은 눈을 찡그렸다.

그러자 그 모습을 본 FBI의 국장 역시 CIA 국장의 편을 들어 줬다.

"어쩔 수 없습니다. 상황이 바뀌었습니다."

"상황이 바뀌었다?"

"아시겠지만 이 핵우산 조약을 맺을 때 우크라이나는 친소련이었습니다."

구소련에서 독립했다고 해서 갑자기 다음 날부터 '우리는 러시아와 적대한다.'라며 입장을 바꿀 리가 없다.

당연히 그 당시에 우크라이나가 원하던 핵우산 제공은 러시아나 중국이 아니라 서방이 우크라이나를 침략하는 것에 대응하는 핵우산이었고, 그랬기에 미국이 아닌 중국이 핵우산을 제공하기로 약속한 것이다.

당시에는 적대국이 러시아나 중국이 아니라 미국이었으니까.

"하지만 시간이 흘렀죠."

이제 우크라이나는 서방의 일원이 되기를 희망하고 있고, 그렇기에 러시아의 눈이 뒤집어진 거다.

그런 상황에서 과연 중국이 핵우산을 제공하겠는가?

"사실상 중국의 핵우산 제공은 기대하기 힘듭니다."

"끄응."

"러시아가 아무런 생각도 없이 저렇게 핵을 언급할 수 있는 이유가 중국으로부터 핵우산을 제공하지 않겠다는 보장을 받았기 때문일 가능성도 무시 못 합니다."

"설마."

"러시아가 중국이 핵우산을 제공해야 한다는 걸 모르겠습니까?"

"하긴, 그렇군."

우크라이나가 가지고 있었으나 러시아로 넘겨진 엄청난 양의 핵무기들은 미국의 감시하에 해체하는 걸로 구소련의 핵 문제를 해결했으니까.

그리고 중국이든 러시아든, 미국과 서방이 우크라이나에 핵이나 핵우산을 지원하지 않을 것을 확신하고 있을 거다.

그런 상황이니 러시아가 전 세계를 대상으로 핵폭탄을 사용하겠노라고 블러핑을 할 수 있는 것이다.

"미치겠군."

빌 웨이든의 얼굴이 사색이 되었다.

그럴 수밖에 없다.

조약에 따르면 중국이 핵우산을 제공하지 않는 경우, 자신들이 대신 제공해야 하기 때문이다.

"어떻게 해야 하나……."

갑자기 터진 핵 문제에 빌 웨이든은 머리가 아파 왔다.

"다른 건 몰라도 이건 외부로 새어 나가지 않게 해야 합니다."

"숨겨야 된다고?"

"다른 나라들이 들고일어날 겁니다."

다른 것도 아닌 핵우산이 무시되는 사태를, 다른 나라들이 두고 볼 리가 없다.

"우리는 입장상 우크라이나와의 조약에 따라 핵우산을 제공한다고 해야 합니다."

그 부담은 이루 말할 수가 없다.

"그러나 최소한 그 문제가 외부로 유출되지만 않는다면 다른 나라들의 혼란과 반발도 초래되지 않을 겁니다."

CIA 국장의 말에 빌 웨이든은 무슨 뜻인지 이해한 듯 고개를 끄덕거렸다.

"그렇지. 중국도 핵우산을 제공하지 않겠다고 공표하지는 않을 테니까."

그런데 FBI 국장은 의견이 또 달랐다.

"그러겠지요. 하지만 우리가 그 사실을 터트려야 합니다."

"뭐? 자네 미쳤나?"

도리어 터트리자는 FBI 국장의 말에 빌 웨이든의 눈이 커졌다.

"아니요. 이건 엄청난 이점입니다."

"이점이라니! 그렇게 되면……!"

"핵우산 제공을 거부했다는 것이 알려지면 중국이 국제적으로 어떤 상황에 처하겠습니까?"

"으음……."

확실히 그게 문제가 되기는 한다.

아마 중국은 전 세계적으로 못 믿을 국가 취급받을 거다.

단순 조약도 아니고 핵우산 제공 거부라니. 한 국가의 존망을 결정하는 일이다.

"그런데 그렇게 한들 우리에게 무슨 이득이 있단 말인가? 우크라이나가 그에 대한 보장을 요구할 건데."

"그게 중요합니다. 우크라이나가 요구하지 않으면 우리는 그걸 실행하거나 보장할 이유가 없습니다."

"우크라이나가 요구하지 않으면……?"

"이건 엄밀하게 말하면 중국과 러시아 그리고 우크라이나의 문제입니다."

미국과 서방은 엄밀하게 말하면 제3자다.

"채무자는 채권자에게 갚을 이유가 있지만 우리는 보장하는 제3자죠. 채권자가 요구하기 전에는 우리가 갚을 이유가 없습니다."

"아하!"

즉, 이 보장이라는 것은 우크라이나가 전 세계를 대상으로 '중국이 핵우산 제공을 거부했으니 보장에 따라 미국이 우리에게 핵우산을 제공해야 한다.'라고 발표해야 그때부터 효력이 발생한다는 뜻이다.

"그런데 지금 우크라이나는 우리에게 무기와 돈을 공급받고 있습니다. 절대로 그런 보장 요구를 하지 못합니다."

"확실히 그렇겠군."

핵우산을 제공하는 대가로 일반 재래 무기의 공급을 끊어 버리면 러시아에서는 있는 무기 없는 무기 할 것 없이 싹 동원해서 어떻게든 우크라이나를 통째로 먹어 버릴 거다.

그러니 우크라이나는 미국과 서방이 제공하는 무기와 핵우산 중에서 결정해야 한다.

"그렇군. 핵우산을 제공받아 봤자 지금 쓸 수는 없으니까."

"맞습니다."

현시점에서 러시아는 절대로 핵을 쓰지 못한다.

빌 웨이든은 FBI 국장의 말에 고개를 끄덕거렸다. 그러다가 CIA 국장에게로 시선을 돌렸다.

"자네는 어떻게 생각하나?"

"좋은 생각입니다. 중국의 인지도와 세계적인 영향력에 엄청난 타격을 줄 수 있는 기회입니다. 다만 그에 상응하는 지원은 해 줘야 합니다."

"상응하는 지원?"

"네. 우크라이나가 바보도 아니고, 그냥 입을 닫을 리가 없으니까요."

"그렇지."

핵우산이 없는 상황을 언급해 봐야 손해이니 당연히 그에 상응하는 무언가를 미국에 요구할 거다.

"그러니 이쪽도 보상해 줘야 합니다."

"어떤 보상 말인가?"

"당연히 무기입니다. 지금 우크라이나가 원하는 건 무기 아닙니까?"

"그렇잖아도 주기는 줘야 하는데."

"그러니까 핑계 김에 좀 더 늘려 주는 겁니다."

"음······."

어차피 줄 무기, 수량을 좀 조절하는 대신에 중국의 조약 파기 사실을 대대적으로 어필하자는 거다.

"중국에서는 그러면 양자택일을 해야 합니다."

러시아를 위해 핵우산 제공을 포기한 사실을 인정하면서 자국 이미지를 박살 내든가, 아니면 러시아와 손절하고 우크라이나에 핵우산을 제공하겠다고 하든가.

물론 그렇게 되는 순간 사실상 러시아와 적대적 관계가 된다는 소리이니 러시아에 무기를 팔아먹는 중국의 입장이 애매해지게 된다.

"뭘 해도 우리는 손해가 없다는 거군."

"어디까지나 우크라이나가 우리에게 핵우산을 요구하지 않은 시점이어야 하지만요."

CIA 국장의 말에 빌 웨이든은 고민하다가 주변을 둘러봤다.

"그러면 어떻게 해야 하나? 솔직히 우리가 무기를 주기 싫어서 안 주는 게 아니지 않나? 우리도 재고가 부족해서 못 주는 상황인데."

가장 큰 문제는 바로 무기의 부족이다.

나토는 집단 방어라는 심리하에 너도나도 무장을 줄인 탓에 심각한 무기 부족에 시달리고 있다.

"내 기억이 맞다면 지금 우크라이나에 제공하는 포탄만 하더라도 우리 3년 치 생산분이라고 들었는데?"

"5년 치입니다, 각하."

"끄응."

국방부 장관의 말에 빌 웨이든은 눈을 찡그렸다.

"그렇다고 우리의 포탄을 다 줄 수도 없고."

무기를 보내야 한다지만, 아무리 그래도 자국이 쓸 포탄과 무기는 남겨 놔야 한다.

"한국을 압박해서 그때 포탄을 공급받았어야 하는데."

"지금이라도 받으면 됩니다."

"아니, 한국은 인도를 끼워 넣고 우리 포탄 공급을 거절하지 않았나?"

"물론 그렇습니다. 그러니 우회 지원을 하는 겁니다."

"하긴, 처음부터 그건 가능하다고 했었지."

우회 지원이란 한국 내 포탄을 미국이 수입하고 미국에 남아 있는 비축 분량을 우크라이나로 보내는 것이었다.

한국이 직접적으로 우크라이나에 공급하는 건 아니지만, 그래도 재고가 충분한 한국으로부터 포탄을 공급받을 수 있는 방법이었다.

"더군다나 한국은 전 세계에서 가장 강력한 군수공장을 가진 자유 진영계 세력입니다."

"하아~."

그건 사실이다. 미국을 제외하고 자유 진영 중에서 한국처럼 무기 공장이 활발하게 굴러가는 곳은 없다.

도리어 다른 나라들은 오랜 평화와 테러와의 전쟁으로 최소한으로 유지되거나 아예 공장 자체가 사라졌다.

"그들은 원하면 충분히 생산량을 늘릴 수 있습니다."

"그들에게 우회 지원을 받으면서 우리 재고를 확보해야 한다 이거군."

"맞습니다."

빌 웨이든이 뭔가 장고에 들어가는 듯하자 짐 베머는 발악적으로 소리를 질렀다.

"안 됩니다. 한국 놈들은 믿을 수가 없습니다! 그놈들은 박쥐 새끼처럼 이리 붙었다 저리 붙었다 합니다!"

그가 받은 부탁은 한국의 경제적 몰락이다. 그런데 그게 실패하게 생겼으니까.

"그래서, 한국을 빼고 작전을 짜자 이겁니까?"

짐 베머의 말에 CIA 국장이 단도직입적으로 물었다.

"그렇습니다."

"어떻게요?"

"최…… 최소한 중국은 건드려서는 안 됩니다. 중국은 우리 미국의 전략적 파트너입니다!"

그 말에 빌 웨이든은 눈을 찡그렸다.

물론 경제적으로 많은 걸 주고받는 건 사실이나 그게 전략적 파트너라고 할 정도는 아니었다.

그 순간 FBI 국장이 심각한 얼굴로 말했다.

"전략적 파트너는 우리가 아니라 당신이겠지요?"

그러더니 시선을 돌려 빌 웨이든을 바라보았다.

"각하, 아셔야 할 게 있습니다."

"뭘 말인가?"

"짐 베머 소장은 중국과 밀접한 인물입니다."

"그거야 당연한 거 아닙니까? 경제 전쟁에서 적과 아군이 어디 있습니까?"

"그럴까요?"

미리 준비한 듯 FBI 국장이 자신의 가방에서 뭔가를 꺼내 빌 웨이든에게 건넸다.

"이건?"

"묘령의 여성과 짐 베머가 모처에서 나오는 걸 찍은 사진입니다."

"뭐라고?"

정치 후원금을 받는 거야 이해가 간다. 로비가 합법인 미국이니까.

하지만 여자 문제는 좀 다르다.

그런데 누가 봐도 아름다운 여성과 함께 건물 밖으로 나오는 짐 베머의 얼굴에는 행복이 가득했다.

"아시겠지만 공산권에서 선호하는 전략 중 하나가 바로 미인계입니다."

"아니…… 이건 함정입니다! 각하!"

짐 베머는 발악적으로 소리를 질렀다.

하지만 그의 말을 FBI 국장은 철저하게 무시했다.

"해당 여성은 사샤 피메노바라는 여성입니다. 러시아 여성으로 톱클래스의 모델입니다."

그 말에 짐 베머의 얼굴이 사색이 되었다. 중국도 부담스러운데 러시아 관련설까지 나오니 당연히 부담이 될 거다.

그리고 다음 순간, 짐 베머의 인생을 정하는 말이 나왔다.

"그리고 사샤 피메노바의 계좌에 얼마 전에 100만 달러가 입금되었습니다. 출처는 중국 계좌입니다."

"중국 계좌라니?"

"참고로 사샤 피메노바는 중국에서 일한 적도 없고 중국계 프로모션과 접촉한 적도 없습니다."

"허."

그 말에 빌 웨이든의 눈에 불이 켜졌다.

"짐, 지금 무슨 짓을 하고 다니는 건가?"

"저…… 저는 모릅니다. 진짜로 모릅니다!"

"말도 안 되는 소리!"

물론 모를 수도 있다.

하지만 그것과 별개로 그는 대통령의 직속 회의에 참가할 정도로 권력이 있는 사람이다. 당연히 누군가와 만날 때 조심해야 한다.

그런데 중국에서 돈을 받은 러시아 계통의 여성을 만났다?

"미안하지만 당분간 자네는 회의에서 빠져야겠네."

말이 당분간이지 이제 커리어를 끊어 버리겠다는 말에 짐 베머는 비명을 질렀다.

"안 됩니다, 각하! 각하!"

"모시고 나가게나."

"각하! 각하!"

하지만 경호원들은 반항하는 짐 베머를 질질 끌고 밖으로 나갔다.

빌 웨이든은 참담한 얼굴로 중얼거렸다.

"어쩐지 정보가 술술 새더라니. 이제 어떻게 해야 할지 모르겠군."

"일단 한국에 대한 경제적 압박을 거둬들여야 합니다."

"한국이 우리 뒤통수를 칠 수도 있지 않나?"

"하지만 현시점에서 전 세계에 엄청난 양의 포탄과 무기를 제공할 수 있는 건 오로지 한국과 마이스터뿐입니다."

"마이스터라……."

"더군다나 우크라이나에 우리가 미사일을 제공할 수는 없지 않습니까?"

"그렇지."

"그러니까 우리는 드론을 제공해야 합니다."

"흠……."

"마이스터의 인도 공장에서 나오는 드론은 우크라이나로 보내고, 한국 공장에서 만드는 드론은 서방세계에 공급하는 게 우선입니다."

"그게 최선인가 보군."

"그리고 한국이 그나마 중국과 거래해야 중국의 반발을 억누를 수 있습니다."

"하긴."

중국과 적대한다지만 그렇다고 러시아와 함께 전 세계를 대상으로 전쟁을 벌이기를 원하는 건 아니다.

"그러면 계획을 짜 보게나. 아무래도 한국에 더 아쉬운 소리를 해야겠군."

빌 웨이든은 어쩔 수 없다는 듯 중얼거렸다.

그리고 그 모습을 본 FBI 국장과 CIA 국장은 서로 의미심장한 눈빛을 주고받았다.

⚖️

"하하하."

강훈은 크게 웃었다.

"덕분에 중국에 한 방 크게 먹였습니다."

"중국에서 뭐라고 하던가요?"

"아무런 말도 못 하지요."

미국은 우크라이나를 대신해서 대놓고 질문했다, 우크라이나에 핵우산을 제공하는 게 확실하냐고.

그러나 중국은 여전히 대답을 거부하면서 침묵을 지켰다.

이해가 가기는 한다. 어떤 대답도 할 수 없는 상황이니까.

인정하자니 러시아로 무기와 산업 자재를 보내는 게 논리적으로 말이 안 되고, 그렇다고 인정하지 않자니 전 세계에서 가장 강력한 조약 중 하나인 핵우산 조약에 대한 이행을 거절하는 셈이 되어 자연스럽게 자신들의 공신력이 사라지는 상황이 된다. 그러니 섣불리 대답하지 못하는 것.

"덕분에 중국의 국제적인 영향력이 많이 줄어들 겁니다."

"다행이군요."

노형진은 그 말에 빙긋하고 웃었다.

그렇잖아도 중국의 영향력을 줄이고 싶어서 노력하는 미국 입장에서는 엄청나게 강력한 한 방을 날린 셈이었다.

"빌 웨이든이 감사할지 모르겠지만요."

"물론 감사는 하지 않을 겁니다. 하지만 그렇다고 한국을 무시하지도 못할 겁니다."

"무기의 공급량을 늘리기로 했나 보군요."

"엄청나게 늘릴 겁니다. 포탄뿐만 아니라 그쪽에서 요구하는 전차도요."

그렇게 원래 역사와 다르게 더 빠른 속도로 전차와 무기가 공급되기 시작했다.

심지어 원래 역사에는 공급되지 않던 여러 무기들까지.

"물론 러시아를 밀어내기는 힘들 겁니다."

"생각과는 좀 다를걸요."

얼마 후에 있을 대반격이 얼마나 효과적일지는 모른다.

하지만 러시아는 여전히 개판이고, 원래 역사보다 더 많은 피해를 입었다.

'물론 여전히 잃어버린 영토를 전부 되찾는 건 불가능하겠지만.'

원래 역사보다는 훨씬 많은 땅을 되찾을 수 있을 것이다.

"당연히 한국에 대한 경제적 공격도 덜어질 겁니다."

"애초에 그게 목적이었으니까요."

이 상황에서 한국을 자극하는 건 사실상 미국의 무기 공급

시스템을 붕괴시킨다는 뜻이나 마찬가지다.

더군다나 사우디아라비아가 페트로 달러에서 벗어나려 한다고 믿는 상황이니 한국의 도움이 더 중요해질 수밖에 없다.

"이제 더 이상 압박하지는 못하겠군요."

"네. 특히 짐 베머는 더 이상 돈을 받지도 못할 겁니다. 남은 인생은 교도소에서 보내게 될 테니까요."

돈을 받았다고 해도 권력을 잃지 않았다면 문제가 없을 것이다. 하지만 돈을 받았고 권력을 잃었기에, 그의 행위는 반역으로써 처벌 대상이었다.

그리고 전 세계 어느 곳도 반역자를 용서하지는 않는다.

"그나마 좀 편하게 다음 일을 준비할 수 있겠군요."

"다만 우크라이나 쪽 문제는 당분간은 좀 복잡할 겁니다. 이번 일을 핑계 삼아 러시아에서 한국을 물어뜯으려고 할지도 모르고요."

다소 걱정이 깃든 강훈의 말에 노형진은 아주 자신 있게 말했다.

"그럴 기회가 없을 겁니다."

"확신하시나 보군요."

"이건 확신이 아니라 자신감이라고 하는 겁니다, 후후후후."

분명 노형진에게는 그렇게 만들 자신이 있었다.

의무와 책임만 한가득

노형진은 경찰과 사이가 좋지 않다.

사실 변호사라는 직업의 특성상 경찰과 사이가 좋을 수는 없다. 경찰은 혐의가 있는 사람을 체포해야 하지만, 변호사는 그 혐의를 부정하고 풀어 줘야 하니까.

만약 경찰이 제 역할을 다하지 않는다면 나라가 무정부 상태가 될 테고, 반대로 변호사가 제 역할을 다하지 않는다면 억울한 사람이 넘쳐 나 독재국가가 되어 버릴 것이다.

이처럼 두 직업의 대립은 세상에 필수 불가결한 역할을 하고 있다.

게다가 때로는 변호사가 경찰을, 혹은 경찰이 변호사를 필요로 하기도 한다.

그리고 이번에는 명백하게 후자였다.

"경찰이 사건을 의뢰하는 건 흔한 일이 아닌데."

"하지만 나 같아도 억울해서 미칠 것 같은데?"

"하긴, 그것도 그러네. 이건 억울할 만하지."

심지어 사건을 소개해 준 것은 하필 오광훈이었다.

노형진이 어두운 얼굴로 사건 자료를 보며 동의하자, 맞은편에 앉은 의뢰인이 원통한 목소리로 입을 열었다.

"변호사님, 이거 어떻게 안 됩니까? 저는 진짜 억울합니다. 아니, 그러면 그대로 칼에 찔리라는 겁니까? 그것도 아니면? 그냥 누가 하나 죽을 때까지 구경만 하라는 건가요?"

"말도 안 되는 소리긴 하죠."

사건의 내용은 간단했다.

어떤 미친놈이 술에 취해 모조리 죽여 버리겠다며 가게 내부를 박살 내는 등 횟집에서 깽판을 치는 바람에 경찰이 출동했다.

순찰 중이던 경찰이 사건 현장까지 가는 데 걸린 시간은 고작 3분. 그사이에 큰 문제는 없었다.

오히려 문제는 그 이후에 발생했다.

경찰이 나타나자 그 남자가 갑자기 카운터를 넘어가 그곳에 있던 조리용 사시미를 빼앗아 들고 달려들었다는 것.

그리고 경찰이 피하자 주변에 있던 주인과 다른 손님들을 칼로 위협했다.

"그러는데 어떻게 합니까?"

횟집에서 쓰는 사시미라는 칼은 다른 칼보다 훨씬 길고 날카롭기 때문에 위험해서 경찰은 그에게 수차례 경고하고 공포탄까지 발사했지만, 남자는 눈도 깜짝하지 않았다.

그러다 뒤쪽에 피해 있던 어린아이를 위협했고, 경찰은 어쩔 수 없이 하방 허벅지 부위를 향해 실탄을 발사했다.

여기까지는 규정대로였다.

"문제는 상부에서 절대로 보호해 주지 않는다는 거지."

노형진은 쓰게 웃었다.

현실이 그렇다. 웃기게도 뇌물을 받거나 범죄를 저지르면 오히려 식구라고 감싸 주는 경찰이지만, 도리어 규정대로 업무를 하는 것에 대해서는 절대로 보호해 주지 않는다.

이유는 간단하다.

뇌물을 받는 거야 자기도 받아먹을 수 있으나, 규정대로 일하는 건 받아먹을 게 없으니까.

"그 남자는 총에 맞아 실려 갔고."

자기가 잘못했지만 어쨌거나 경찰이 총을 쐈다는 이유로 고소했고, 경찰은 업무상 과실치상 혐의로 재판 중이다.

그런데 재판 1심에서 무려 1억 4천만 원이라는 엄청난 배상금이 나오고 말았다.

"그냥 대가리를 쏴 버렸어야 했는데."

오광훈조차도 어이가 없다는 듯 중얼거리는 걸로 봐서는

정말 답이 없는 상황인 듯했다.

"일단 상황은 알겠습니다. 일선에서 일하는 경찰들을 팽하는 거야…… 아니, 경찰만의 문제가 아니군요. 한국 정부는 옛날부터 그랬으니까요."

불을 끄기 위해, 그리고 사람을 구하기 위해 불법 주정차된 차를 밀고 들어간다? 그러면 그건 소방관 책임이다.

안에 갇힌 사람을 구하기 위해 문을 부순다? 그것도 소방관 책임이다.

심폐 소생술을 하기 위해 명품 옷을 찢는다? 그것도 소방관 개인의 책임이다.

경찰도 마찬가지.

한국은 업무 중에 어떤 일이 발생하든, 정부나 공직 단체에서는 절대로 책임을 지지 않는다. 도리어 길길이 날뛰면서 사람을 구한 이에게 책임을 묻는다.

물론 재판까지 가게 되면 대부분의 경우 경찰이나 소방관은 책임을 다한 것뿐이기에 책임이나 손해배상을 묻지는 않는다.

하지만 그 과정에서 변호사 비용이나 재판 비용도 개인이 내야 하고, 재판에 출석하기 위해서는 개인 연차를 소진해야한다.

오죽하면 경찰 일선에서는 여자가 술에 취해서 쓰러져 있어도 절대로 손대지 말고 여경이 올 때까지 구경만 하라고 한다.

실제로 술에 취한 여자가 차로에서 잠들어 버리자 그녀를 구하기 위해 끌어낸 남자 경찰이 성추행으로 고소당한 적이 있기 때문이다.

경찰만 그런 게 아니다. 심장이 멈춘 여자를 구하기 위해 응급조치를 취하고자 브래지어를 벗겼다는 이유로 응급 구조사가 성추행으로 고소당했다.

상식적으로 심장이 멈춘 상태에서 심장 제세동기를 쓰기 위해서는 브래지어를 벗길 수밖에 없고, 심장마사지를 할 때 브래지어를 벗기는 건 기본적인 절차다.

그래서 그 응급 구조사는 재판에서 무죄를 선고받을 수 있었지만, 문제는 그 당시에 그가 국가 업무를 수행 중에 억울하게 소송당했음에도 불구하고 경찰과 응급 구조팀을 비롯한 그 어떤 조직도 나서지 않고 무조건 그 한 사람에게 모든 책임을 뒤집어씌웠다는 것이다.

"정부에서 변호사를 지원해 주지 않는다고요?"

"제가 친 사고니까 제가 해결하랍니다. 미치겠습니다."

"그 당시에 다른 방법은 없었습니까?"

"물론 없었죠. 다른 방법이 있었겠습니까?"

실탄을 쏘기 전에 규정에 따라 할 수 있는 건 다 했다. 그러나 효과는 없었다.

공포탄도 먹히지 않아 전기 충격기를 사용했으나 하필 겨

울이라 두꺼운 패딩에 막혀 효과가 없었다는 것.

"그런데 재판부에서는 왜 업무상 과실치상을 인정한 건지 모르겠군요."

심지어 형사도 1심에서 과실치상이 인정되어 2심 중이며, 1심 기준으로 손해배상 판결까지 나왔다.

"저보고 격투기로 맨손 제압했어야 한답니다. 그냥 한 번만 메치면 되는 걸 굳이 총까지 쐈다고."

"네? 아니, 병신이랍니까?"

무기를 든 상대방을 맨손으로 제압하는 것은 영화나 쇼에서나 나오는 장면이다.

과거에 모 남자 배우가 예능에서 테러리스트를 그렇게 제압하는 바람에 그게 참 쉬운 건 줄 아는 사람이 많은데, 백 번 시도하면 아흔아홉 번은 실패하고 칼에 찔리는 게 맨손 제압이다.

어떤 여자 연예인이 말하는 것처럼 '막고 파파팍' 하는 건 절대 불가능하다.

"한국 참 대단해. 존경스러운 나라야."

오광훈은 고개를 끄덕거리면서 말했다.

물론 이건 존경의 의미가 담긴 것이 아니라 도리어 어이가 없어서 나온 말이다.

"그나저나 이걸 왜 네가 가져온 건지 모르겠다?"

노형진은 오광훈을 바라보면서 물었다.

보통 이런 일은 경찰이 알아서 해결하지 검사에게까지 오지는 않으니까.

"설마, 너한테 배당된 사건이야?"

"그럴 리가."

아무리 오광훈이라 해도 자기에게 배당된 사건의 피의자에게 변호사를 소개해 주는 것은 규정 위반이라는 건 안다.

"여기 이분이 아니라 그 피의자 놈, 아니 고소한 놈."

"고소한 놈?"

"응, 그놈을 추적 중이야. 나는 그놈을 추적하다가 알게 된 거고."

"그놈을 왜?"

"아무리 총기를 사용했다지만 배상금이 1억 4천만 원이 나오는 게 정상이냐?"

"네가 말한 게 사실이라면 정상이 아니지."

손해배상금이라는 건 당시 상황과 피해자의 수익을 기준으로 판단하여 결정된다.

그런데 아무리 당시에 재판부의 기준으로 경찰이 무리한 제압을 했다지만 자칫 피해자가 사시미를 휘둘렀으니 그로 인해 별개의 피해자가 발생할 가능성이 높았던 것 역시 사실이었다.

"그런 경우에는 보통 청구 금액에서 엄청 깎을 텐데?"

노형진의 경험상 그런 경우 70% 정도를 깎아 대략 30% 정도만 배상금으로 확정되는 게 일반적이다.

"그래, 그래서 문제야. 실제로 인정된 게 30%란 말이지."

노형진은 그 말에 눈을 찡그렸다.

"이해가 안 가는데? 그게 30%라고? 몇 주나 나왔는데?"

"4주."

"4주?"

"응."

"아무리 총기 사용으로 인해 결정된 기간이라지만 4주는 너무 긴데. 그렇게 결정하는 게 재판부의 영역이라는 걸 감안해도 길어."

4주에 1억 4천만 원을 번다?

그게 재판부에서 공식적으로 인정한 30%의 금액이라면, 피의자는 4주에 대략 4억 7천이라는 금액을 버는 것이 된다.

물론 진짜 돈을 많이 버는 사람이라면 그게 불가능하진 않다. 하지만 여기서 맹점은, 그런 사람들이 버는 수익의 거의 절대다수가 불로소득이라는 거다.

예를 들어 대룡의 회장인 유민택의 공식적인 수익은 매년 못해도 200억은 넘을 거다.

하지만 그 200억 중에서 유민택이 대룡에서 회장으로서 받는 연봉은 5억 5천에 불과하며 절대다수는 자본소득, 즉 자본 투자 이익으로 발생하는 소득이다.

그리고 손해배상에 대한 규정에서 자본소득은 배상의 영

역에 들어가지 않는다.

그 말은 유민택이 사고로 일을 못 해서 한 달을 쉬게 되었을 경우 그 배상금은 200억의 12분의 1이 아니라 5억 5천의 12분의 1, 즉 4,580만 원 정도라는 소리다.

그런데 4주 치 배상금이 1억 4천만 원이 나왔다면, 노동만으로 한 달에 거의 4억 7천만 원을 번다는 뜻인데.

"그런 인간이 술에 취해서 횟집에서 칼을 뺏어 들고 휘두른다고?"

그렇게 버는 인간이라면 잠자는 시간도 부족할 정도로 바쁠 테고, 설사 쉬는 날이었다 해도 횟집에서 혼자 처량하게 술을 마시면서 꼬장을 부릴 이유가 없다.

"그 녀석, 내가 노리던 놈이야. 마이스터 투자기획 소속이라고 하더라고."

"뭔 기획?"

노형진은 순간 자기가 잘못 들은 줄 알았다.

"마이스터 투자기획이라고, 소위 말하는 리딩방을 운영하는 폭력 조직이야. 그리고 너도 알지, 그놈의 리딩방이 뭐 하는 곳인지?"

리딩방이란 좋게 말하면 투자를 알선해 주는 온라인 모임이고 나쁘게 말하면 투자를 빙자한 사기꾼 모임이라고 보면 된다. 그리고 절대다수의 리딩방은 사기꾼들이다.

"알지. 그런데 왜 하필 마이스터 투자기획이야?"

"왜일 것 같냐?"

"……하긴."

마이스터는 세계에서 가장 유명하다고 해도 과언이 아닌 투자사다. 그러니 그런 곳과 연관이 있는 것처럼 보여야 자신들의 공신력이 높아질 거라고 판단했을 것이다.

물론 마이스터는 연관은커녕 아예 그런 곳의 존재도 모르고 있을 게 뻔하지만.

"진짜로 마이스터와 관련된 놈들은 아니고?"

"물론 아니지. 그랬으면 내가 추적하겠어? 저 녀석들 자칭인 거지. 진짜로는 LX60라는 폭력 조직 소속이이야."

"LX60?"

"럭셔리하게 60까지만 살자, 뭐 그런 뜻이래."

"지랄 났다. 중간에서 아무 글자나 뽑는다고 그게 축약어가 되나?"

"뭐, 그건 그 새끼들 사정이고, 중요한 건 이거지. 그 새끼들이 어떤 놈들인가."

"그래, 뭔지 알겠네."

LX60라는 이름의 폭력 조직이 리딩방을 운영한다면 정상적인 투자회사가 아닐 게 뻔하다.

애초에 마이스터 투자기획이라는 이름도 실존하지 않는 유령 기업일 가능성이 크다.

하지만 여전히 이해하기 어려운 부분이 있었다.

"그런데 이해가 안 가네. 그 사실을 검찰이나 법원이 모른 다고?"

"정말로 모르겠냐? 하지만 그놈들이 그만큼 버니까 그렇 게 판결을 내린 거지."

"그만큼 번다고? 그러면 더 이해가 안 가는데. 지금 같은 세상에서 리딩방을 운영해서 돈을 벌다니, 그건 말도 안 되 는 소리야."

심지어 마이스터도 노형진이 제공하는 정보가 없으면 생 각보다 실적이 좋지 않은 경우가 엄청나게 많다.

그런데 일개 폭력 조직이 리딩방을 운영해서 순수하게 돈 을 번다? 말도 안 된다.

리딩방이라는 게 뭔가? 시장을 읽고 그에 맞는 투자 정보 를 제공한다고 해서 리딩방이 아니던가?

하지만 애초에 그런 식으로 쉽게 돈을 벌 수 있다면 그 누 가 위험하게 리딩방을 운영하겠는가? 자기들이 투자해서 그 돈을 미친 듯이 불려 나가지.

실제로 소위 리딩방이라고 불리는 곳을 운영하는 이들은 사기꾼이다.

"그래서, 그 리딩방은 어느 쪽인데?"

노형진은 오광훈의 말에 확실하게 하기 위해 물었다.

리딩방 사기는 보통 크게 두 가지로 나뉜다.

하나는 투자를 미끼 삼아 돈을 빼돌리는 사기.

다른 하나는, 그렇게 투자받은 돈으로 소위 주식이나 가상 화폐로 장난쳐서 돈을 벌어들이는 사기.

"가상 화폐 사기."

"흠……."

노형진은 그 말에 곰곰이 생각에 빠져서 한참 침묵을 지키다가 의뢰인인 백도성을 바라보았다.

"백도성 씨는 몰랐나 보군요."

"저는 그냥 현장 근무자일 뿐입니다."

"그렇겠죠. 그런데 보통 이런 일은 위에서 어느 정도 알면서도 덮는단 말이죠."

"그거야……."

리딩방을 이용한 범죄는 생긴 지가 십수 년은 되었다. 그러나 퇴치가 안 된다.

퇴치하기 위해서는 상부의 도움이 절실한데, 대부분의 경우 상부에서 모른 척하기 때문이다.

대표적인 예가 바로 '서버가 해외에 있어서 추적이 불가능하다.'라는 변명이다.

그러나 현실적으로 보면 그건 거짓말이다.

한국에서 활동하는 놈들이 진짜로 해외에 서버를 두겠는가?

보통은 VPN을 이용해서 해외에 있는 것처럼 속이는 수준이다.

하지만 경찰에서는 그 사실을 알면서도 수사하기 귀찮으

니까 덮어 버리는 거다.

물론 VPN을 쓰는 여러 범죄자들 모두가 다 처벌을 피하는 건 아니다.

VPN 회사들이 말하는 개인적인 정보의 보안이라는 건 누군가가 해킹을 통해 접근하거나 개인 정보를 빼 가는 걸 막는다는 거지, 범죄를 저지르는 걸 감춰 준다는 뜻이 아니기 때문이다.

실제로 범죄와 관련된 경우에 VPN 회사는 자료를 제공한다.

"그런데도 청구를 하지 않는다는 건 상부가 관련되어 있다는 소리인데."

노형진은 턱을 만지작거리면서 중얼거렸다.

"네?"

그 말에 백도성은 깜짝 놀랐다.

자신은 그저 억울해서 손해배상금이라도 줄여 보려고 찾아왔을 뿐이다. 그런데 갑자기 일이 커져 버렸다.

"그 LX60라는 조직, 규모가 커?"

"크지는 않아. 하지만 상부에서 영장을 안 내줘."

"뇌물을 크게 쓰는 모양이네. 하긴, 그 정도 돈을 쉽게 번다니까."

아무리 노형진이 검찰과 경찰 그리고 법원을 깨끗하게 하려고 노력해도 현실적으로 모든 사람을 깨끗하게 만들 수는 없다.

일단 직접 연관되지 않으면 공격하는 게 쉽지 않은 데다가, 부패한 자가 사라진 빈자리를 차지하는 건 깨끗한 사람보다는 또 다른 부패한 사람인 경우가 대부분이기 때문이다.

'선의 싸움은 영원하다는 걸 사람들은 모르지.'

소설이나 영화에서처럼 선이 악을 대상으로 싸워서 최종적으로 승리하는 건 현실에서는 불가능하다.

현실에서 선은 끊임없이 악과 싸워야 하고, 선보다는 악이 승리하는 경우가 많다.

당장 이번 문제만 봐도 그렇다.

주요 임원 자리가 났을 때 자리를 차지하는 건 제대로 일해서 실적을 쌓은 사람이 아니라 평소에 뇌물을 주면서 관리하던 사람이다.

당연히 그 자리를 차지하고 나면 투자한 만큼 뽑아내고 싶어 하는 게 인지상정.

그리고 리딩방 사기는 돈을 뽑아내는 데 아주 효율적인 방법이다.

"일단 사건은 저희가 받아들이도록 하겠습니다."

"감사합니다, 감사합니다."

백도성은 몇 번이나 고개를 숙이며 감사를 표했다.

사실 이전에 다른 변호사를 썼지만 그 변호사가 제대로 일을 하지 않아 1억 4천만 원이나 배상해야 하는 상황이 된 거나 마찬가지였다.

"다만 그 과정에서 경찰을 그만두셔야 할 수도 있습니다."

"경찰을요?"

"네. 잘못하신 건 없지만요."

사건의 발단을 제공했다는 이유로 위에서 찍어 내려 할 수도 있는 게 현실이다.

그 말에 백도성은 입술을 깨물고 고민하다가 말했다.

"어쩔 수 없죠. 저는 경찰로서 최선을 다해 노력해 왔습니다. 그런데 이 정도로 썩었다면 제가 경찰을 할 이유는 없죠. 사실 돈이 없어서, 퇴직하고 퇴직금으로 배상할 생각도 했습니다."

그 말에 노형진이 고개를 끄덕거렸다.

"걱정하지 마세요. 새론에서는 계속 탐정 팀을 충원하고 있으니까요."

"새론 탐정 팀요?"

"네. 새론의 탐정 팀에 대해서는 아시죠?"

"네, 그런데 인원이 많다고 들었는데요."

"그렇게 많은 건 아닙니다. 그리고 1차 시기에 고용된 분들이 이제 슬슬 은퇴 시기거든요. 초창기 멤버들은 경찰을 은퇴하고 오신 분들이 많아서 연세가 좀 있다 보니까 아무래도 힘드신 모양이더라고요."

사설탐정법이 통과된 뒤 새론은 수사 팀을 분리해 탐정 팀을 별도로 운영하고 있다. 그리고 그곳에서는 탐정 자격을 갖춘 전직 경찰들이 일하고 있다.

실제로 경찰도 해결하지 못한 사건을 새론이 경찰 출신의 탐정과 프로파일러까지 동원해서 해결한 게 한두 건이 아니다.

그러나 경찰에서 은퇴한 사람들 위주로 구성된 1세대가 나이가 차면서 슬슬 은퇴하다 보니 추가 인원을 모으고 있다는 것.

"생각해 보겠습니다."

백도성은 진지한 얼굴로 그렇게 말하고는 돌아갔다.

그리고 오광훈은 이야기를 마저 하기 위해 자리에 남았다.

아무리 백도성이 경찰이고 피해자라고 해도 LX60의 경우는 범죄 조직이기에 단순 재판이 아닌 다른 방법을 써야 하고, 그러기 위해서는 사건 자체를 이해해야 하는데 그건 오광훈이 별도로 말해 줘야 하기 때문이다.

그렇게 혼자 남자 오광훈은 떨떠름한 얼굴이 되었다.

"표정이 왜 그래?"

"아니, 요즘 탐정 팀 인원을 너무 늘리는 거 아냐? 지금도 쉰 명도 넘는다면서."

"그렇지?"

"그런데 더 늘리려고? 경찰에서 겁나 싫어할 텐데?"

"누가 그따위로 굴래?"

"악순환이잖아?"

"애초에 악순환을 만든 게 누군데? 우리가 처음부터 '우리한테 오세요.'라고 하는 것도 아니잖아?"

"그건 그렇지."

탐정 팀을 운영하는 법무 법인은 오로지 새론뿐이다.

백도성이 최후까지 이리저리 알아보다가 새론으로 온 것도, 새론에 의뢰했다는 이유 하나만으로도 경찰 조직 내부에서 퇴직의 대상으로 취급받을 만큼 새론이 경찰에 적대적이기 때문이다.

"악순환을 끊고 싶으면 제대로 일을 하라고 해. 누가 룸살롱이나 다니래? 나라고 이러고 싶은 줄 알아? 사회 시스템이 제대로 굴러가야 사기업의 규모가 줄어든다고. 우리가 왜 탐정 팀을 운영하는데?"

"하긴, 그것도 그래."

이렇게 악순환이 이루어지는 이유는 간단하다.

경찰이 제대로 수사도 하지 않고 죄인 만들기에 혈안이 되어 있기 때문이다.

일단 실적이 된다 싶으면 그쪽 방향으로 사건 조서를 꾸며서 올리고, 피해자 인생은 조져지든 말든 신경도 쓰지 않는다.

그리고 그 과정에서 정의로운 경찰이 항의하면? 모가지가 날아간다.

자연스럽게 억울한 피해자와 정의롭고 실력 좋은 경찰은 새론으로 모여들고, 경찰 내부에서는 룸살롱에서 접대받으면서 뇌물 주던 놈들만이 승승장구하는 것이다.

"그러니까 우리한테 다 오는 거 아냐?"

그나마도 처음부터 피해자들이 새론 탐정 팀으로 오는 건 아니다.

어찌 되었건 탐정 팀은 유료이기에 돈을 적잖이 내야 하는 데다, 법무 법인의 산하에 있다지만 변호사는 아니기에 만일 자칭 피해자라 주장하는 의뢰인에 대해 조사하다가 그의 감춰진 죄를 찾아내는 경우 그걸 경찰에 신고하는 게 불법이 아니기 때문이다.

실제로 계약 당시에 그 사실을 안내하지만 '설마'라고 생각하고 자기에게 유리한 자료를 찾으려고 의뢰한 범죄자가 있었는데, 조사 과정에서 여죄가 드러나는 바람에 도리어 더 강한 처벌을 받았다.

"애초에 우리한테 돈 주면서 사건 수사를 맡기는 것 자체가 경찰 수사가 틀렸다고 생각해서인 거잖아."

탐정 비용은 결코 싸지 않다. 그런데도 돈을 주고 의뢰한다는 건, 진짜로 억울하다고 생각하는 사람일 수밖에 없다.

"그건 그렇지."

"지금만 해도 그래. 경찰로서 정당하게 업무를 했는데 그걸 보호해 주지 않는다는 게 말이나 돼?"

심지어 이런 경우는 규정상 정부에서 배상해 줘야 한다.

그런데 배상은커녕 도리어 백도성에게 독박을 씌우고 책임에서 벗어나려고 고소인에 대한 정보를 숨기기까지 했다.

"처음부터 수사를 잘했으면 문제가 안 되었을 일이야."

노형진의 말에 오광훈은 고개를 끄덕거렸다.

당장 LX60라는 놈들도 그런 문제의 연장선이니까.

"아무튼 탐정 문제는 제쳐 두고, LX60라는 놈들에 대해 이야기해 봐."

"말 그대로 리딩 사기 집단이야. 숫자는 열한 명이고."

"생각보다 많지 않네? 소수 정예 집단이구나."

폭력 조직인데 구성원이 소수라면 두 가지 중 하나다.

숫자가 적은 그저 그런 조직, 아니면 진짜로 소수 정예 방식으로 운영되는 핵심 조직.

숫자가 적으면 숨기도 쉽기 때문이다.

"그런데 리딩방이라……. 아무리 생각해도 멍청한 놈들은 아닌 것 같은데. 보스가 누구야?"

노형진이 이렇게 묻는 이유는 간단하다.

리딩방 사기는 단순한 폭력 조직 운용과는 다르다.

사기와 폭력 조직이 결합한 방식으로 운영되는데, 그 특성상 당연히 머리 좋은 놈이 있어야 한다.

리딩을 하기 위해서는 최소한 IT 쪽으로 접근할 수 있는 놈이 있어야 하니까.

"너도 알걸, 방해만이라고."

"방해만? 잠깐, 그 방해만? 내가 아는 방해만?"

"응."

방해만은 방송에서도 나오던 소위 경제 전문가다.

물론 노형진이 그의 이름을 믿고 투자하거나 그의 도움을 받은 적은 없지만 종종 방해만과 같이 방송에 나와 달라고 부탁받은 적이 있기에 이름은 안다.

어찌 되었건 노형진은 마이스터와 미다스의 대리인이니까.

물론 노형진은 자신은 전문가가 아니라 법적 대리인일 뿐이라면서 단호하게 거절했다.

그들이 원하는 건 노형진이 출연해서 내부 정보를 실수로라도 흘리는 것뿐이니까.

"그러고 보니 요즘 방송에서 안 보이던데."

"그 새끼 훅 갔다."

"훅 가다니?"

"경제 전문가니 뭐니 설레발치고 다녔잖아. 그런데 아무것도 없더라. 결국 사기로 집유 받았다."

"사기?"

"솔직히 경제 전문가라는 게 기준이 애매하잖아? 무슨 증서가 있는 것도 아니고."

"하긴, 그건 그렇지."

경제 전문가라는 건 어떻게 해야 인정받을 수 있을까? 변호사처럼 자격증이 있는 것도 아닌데.

학위? 애초에 경제학자들의 예상대로 경제가 굴러간다면 나라 경제가 박살 날 이유도 없다.

그리고 매년 얼마나 많은 경제학도들이 졸업하는지를 생각해 보면 학위만으로 경제 전문가라고 판단할 수는 없다.

　그래서 보통 경제 전문가는 실무와 관련된 영역에서 얼마나 오래 있었는지, 그리고 실적이 얼마나 되는지 등으로 판단한다.

　증권회사에서 일하면서 이득은 없이 손실만 1천억이라면 경제 전문가라고 볼 수는 없을 테니까.

　"그런데 그 새끼는 가짜였어."

　"가짜였다고?"

　"그래. 그놈이 오감경제전문연구소 소장이라고 했잖아."

　"그랬지."

　"없는 이야기는 아닌데 거기 인원이 한 명이다, 한 명."

　"아아～."

　노형진은 바로 이해가 갔다.

　이런 식으로 입증이 곤란한 경우에 많이 저지르는 방식이 바로 자칭이라는 사기니까.

　자칭 경제 전문 연구소 소장이라면 그럴듯하지만 사실 허울뿐인 연구소가 한두 개던가?

　"방송도 PD한테 뇌물 주고 출연한 거야."

　"으음…… 무슨 소리인지 알겠네."

　왜 굳이 그러느냐?

　사람들은 방송에만 나오면 능력 있고 재능 있는 천재라고 믿기 때문이다.

쉽게 말해서 방송 출연 자체로 공신력이 생긴다는 거다.

"그 새끼도 공신력이 필요했던 모양이구나."

"맞아."

방송에 출연해서 전문가 운운하면서 떠들면 그에게 투자를 부탁하는 사람이 많아지고, 그걸로 투자금을 늘리면 당연하게도 외부에는 점점 더 전문가로 보이게 된다.

방송사는 전문가라는 타이틀과 자극적인 소재로 시청률을 빨아먹고, 사기꾼은 방송을 통해 인지도를 얻는 원원이라는 거다.

당연히 거기에 나오는 놈들이 진짜 전문가라고 보기는 힘들다.

당장 의사들의 사례만 봐도 그렇다.

모 의사들은 방송에 나와서 '밀가루를 먹으면 뇌가 썩어서 녹아내린다.'라는 희대의 개소리를 했다.

대학에서 생물학을 전공한 사람이라면 그게 말도 안 되는 개소리라는 걸 알아차리겠지만, 그들은 어떻게든 대중에게 자극을 주고 자기 이름을 알리기 위해 그런 무리수를 두는 거다.

당장 노형진이 미다스라는 가면을 쓴 채 마이스터라는 기업을 운영해도 기대감에 마이스터에 투자하는 사람들이 엄청나게 많은 이유가 뭔가?

바로 뒤에 있는 미다스라는 존재에게 기대하고 있기 때문이다.

실제로 노형진이 돈 되는 정보는 주지 않더라도 최소한 핵폭탄은 피하게 해 주다 보니 마이스터의 안정성은 어느 곳보다 뛰어나다고 널리 알려져 있으며, 그 덕에 막대한 투자금이 들어오곤 한다.

그리고 그건 노형진이 한국 정도의 국가를 상대로 혼자서 경제 전쟁을 치를 수 있을 정도의 자금을 굴리는 원동력이 된다.

하지만 그건 어디까지나 노형진에게만 해당되는 이야기.

방해만과 같은 평범한 사기꾼이 인지도를 얻고 투자를 받으면 이야기는 다르게 흘러간다.

"그러다가 결국 다 날렸거든."

"날린 게 아니라 빼돌린 거겠지."

"그건 그렇지."

당연히 사기로 고소당했으나, 뇌물을 쓰고 집행유예를 받은 것.

"그런데 아직도 그 짓거리를 하더라고."

"그러겠지. 그것 말고는 할 줄 아는 게 없을 테니까. 더군다나 언론사에서 그걸 떠들지도 않을 테고."

언론사는 자기들이 돈 받고 사기꾼을 출연시켜 줬다고 말할 수는 없을 테니 입을 다물 거고, 그 결과 사람들이 개인적으로 뒷조사하기 전에는 그가 사기꾼이라는 걸 모르는 경우가 많다.

"하지만 그 후에 방송에서 퇴출되었지."

그러자 아예 방향을 틀어서 소위 리딩방 사기를 시작한 것.

"LX60는 그 과정에서 만들어진 조직이야."

"방식은?"

"안 주는 거지."

투자금을 받는다. 그리고 그걸 비트코인에 투자한 뒤 수익 내역을 그대로 보내 준다.

그러면 상대방은 그것만 믿고 기다리다가 수익이 충분하다 생각되면 출금 신청을 한다.

"하지만 그걸 꿀꺽하는 거지."

"당연히 그 가상 화폐는 뭔 듣도 보도 못한 개잡코인이지?"

"맞아. 어떻게 알아?"

"메이저 가상 화폐는 통제가 불가능하거든."

예를 들어 가장 유명한 가상 화폐 중 하나인 비트코인의 경우에는 전 세계에서 운영하는 사람도 엄청나게 많고 유통량도 엄청나게 많아서 그걸 통제한다는 건 사실상 불가능하다.

그에 반해 소위 개잡코인이라 불리는 유명하지 않은 코인은 가능성을 떠들기는 하지만 거의 유통되지 않기에 당연하게도 통제하기가 쉽다.

마치 주식을 컨트롤하는 것처럼 서로 주고받으면 그만이

기 때문이다.

통화량이 거의 없으니 통제하기 쉽다.

그리고 설사 채굴량이 거의 제로라고 해도 상관없다.

중요한 건 거래되고 있다는 '믿음'이니까.

다른 계좌에 있는 가상 화폐를 200만 원에 사면, 그때부터 그 가상 화폐의 가치는 200만 원이 되는 거다.

당연히 그걸 팔아서 출금하려고 해도 그건 팔아서 줄 수 있는 게 아니다. 실존하지 않는 거니까.

설사 진짜로 판다고 해도 그 가상 화폐를 사는 건 사기인 줄 모르는 병신이거나 장기적으로 가치 상승을 위해 자기들 끼리 주고받으려는 이들뿐이다.

당연히 출금 신청을 해도 출금도 안 해 준다.

"하긴, 아직도 가상 화폐법이 없으니까."

누가 봐도 사기지만, 아직 국회에서는 가상 화폐에 관한 법을 만들지 않았다. 그러니 그걸 이용해 사기를 치는 거다.

물론 범죄 조직인 만큼 어떻게든 엮으려면 엮을 수야 있겠지만 경찰 상부에서 이미 꽉 틀어막고 있으니 답이 없는 것처럼 보이는 것이다.

"대충 무슨 상황인지 알겠어."

노형진은 고개를 끄덕거렸다.

그런 상황이라면 현실적으로 LX60를 체포하는 건 불가능하기 때문이다.

"일단 내 쪽에서는 이빨도 안 들어가니까, 네가 틈을 만들어 주면 들이닥쳐 볼까 생각 중이야."

"그게 백도성 사건이고?"

"그래. 이번 사건의 주범이 잡혀 들어가면 어떻게든 아가리 털게 만들어야지."

노형진은 그 말에 고개를 끄덕였다.

"그래서, 그 범인 이름이 뭐라고?"

"오황지."

"오황지. 뭐 하는 놈인데?"

"너도 알걸."

"처음 듣는데?"

"방송에 나왔던 놈이야. 옛날에 갱생클럽이라는 그룹명으로 잠깐 가수 활동도 했고."

"갱생클럽? 아, 그 음악으로 인생을 바꾼다는 프로그램?"

"기억나지?"

"나지. 그거 보고 완전 대가리에 꽃밭만 가득한 새끼가 만들었다 싶었잖아."

보이 그룹의 이름이자 프로그램명인 갱생클럽은 쉽게 말해서 음악으로 사람을 고쳐 쓴다는 그럴듯한 목적으로 만들어진 프로그램이다.

교도소에 수감된 범죄자들을 갱생한다는 목표로 만들어진 황당한 프로그램.

물론 대상이 가석방 대상자라는 조건이었지만 범죄자를 편들어 준다는 황당한 콘셉트의 방송이었다.

　십수 년 전 일이지만 너무 어이가 없어서 노형진도 생생하게 기억하고 있었다.

　말이 갱생이지, 그냥 노래 좀 잘 부르고 얼굴이 반반하면 인생을 새롭게 시작할 수 있게 기회를 주자는, 극도의 외모 지상주의적 사고로 기획된 프로그램이니까.

　실제로 해당 프로그램에서 뽑힌 건 반성 여부, 죄질 여부 다 무시하고 얼굴만 잘생긴 강력범이었다.

　"오황지는 그 당시 메인 보컬이었어."

　그렇게 말하며 사진을 찾아서 건네는 오광훈.

　그걸 본 노형진은 고개를 끄덕거렸다.

　"이 애 기억난다. 얼굴 잘생겼다고 나름 인기가 있었지. 뭐, 그래 봤자지만."

　얼굴만 빨아먹는 극소수를 빼고는 다들 프로그램을 보고 기겁했다.

　왜냐, 오황지의 범죄가 단순 실수로 저지른 범죄가 아니라 강도 상해였기 때문이다.

　아니나 다를까, 황당하게도 반반한 얼굴 덕에 메인 보컬로 뽑혀 갱생클럽이라는 그룹명으로 데뷔까지 했음에도 오래가지 못했다.

　정확하게는 2주 만에 활동이 끝났다.

    왜냐하면 죄다 술을 처마시고 방송국에서 사람들을 두들 겨 팼으니까.

    술을 처마시고 방송에 온 것도 황당한데 심지어 술이 덜 깨서 발정이 나 다른 여자 연예인들을 성추행하고, 항의하던 매니저와 PD를 집단 폭행했다.

    결국 전원 가석방이 취소되었고 추가 형량을 받아서 교도 소로 돌아가야 했다.

    "LX60는 그놈들이 주축이 되어서 만들어진 조직이야."

    "뭐?"

    "방해만과 오황지가 구치소에 수감된 기간이 겹치거든."

    방해만은 사기를 쳐서 번 돈으로 전관을 써서 결국 집행유 예를 받았으나, 사건 초기에는 워낙 피해자가 많았던 탓에 구속되어서 구치소에 있었다고 한다.

    "아마 뇌물도 줬겠지."

    "음……."

    "그리고 그 시기에 오황지가 딱 구치소에 있었단 말이지. 그것도 같은 방에."

    "무슨 소리인지 알겠네."

    범죄자들이 교도소를 왜 학교라고 부르겠는가? 거기에서 뭔가를 배워서?

    물론 배워서 오기는 한다.

    사람들이 원하는 것처럼 예의와 규칙을 배우는 게 아니라 새로운 범죄 방식을 말이다.

실제로 범죄자의 범죄 방식이 급변하면 90% 이상은 교도소에서 새로운 범죄 방식을 배워 오는 게 원인이다.

범죄자들은 자기가 아는 방식으로 범죄를 저지르는 편이니까.

"그 시기에 만나서 새로운 조직을 만들었다 이거네."

실제로 그런 사례가 너무 많아서 딱히 이상한 것도 아니다.

"그랬겠지. 내가 조직을 이끌면서 느낀 건데, 갑자기 새로운 조직이 설레발치면 거의 100% 그런 쪽이야."

단순 폭행으로 들어와 같은 감방 동기끼리 뭉쳐서 조직을 만들고, 이후 비슷한 성향의 범죄자들이 합류하면서 거대 조직으로 커지는 것.

"그게 중소 규모 조직들의 탄생 과정이거든."

"흠……."

"다만 이번에는 방해만이라는 머리 좋은 놈이 낀 거지."

아마도 오황지와 그 패거리가 만든 LX60는 원래대로라면 그저 그런 폭력 조직으로 끝났을 거다.

그런데 방해만이 끼면서 지능형 범죄 조직이 되었다는 것.

"그렇단 말이지."

노형진은 고개를 끄덕거렸다.

"대충 상황은 알겠어. 그러면 우리가 해야 하는 건 두 가지네."

하나는 LX60라는 그룹을 무너트려서 오광훈이 그들을 체포할 수 있게 하는 것.

다른 하나는 백도성이 더 이상의 피해를 입지 않게, 부당하게 진 재판을 뒤집는 것.

"그래. 가능하겠어?"

"솔직히 재판에서 이기는 건 어렵지 않아. 다만 방향이 좀 다른 편이라 그거부터 해결해야 하지만."

사실 이런 재판은 규정이 엄청 빡빡한 편이다. 판례도 많은 편이고 말이다.

물론 뇌물 받고 사건을 조작해서 손해배상을 더 물어 준다고 해도 그걸 문제 삼아 물고 늘어져서 뒤집는 건 노형진이 아닌 다른 변호사라도 충분히 할 수 있다.

"다만 그걸 깎는 것과 책임을 무는 것은 다르다는 거지."

2심에서 싸우면 충분히 이길 수 있다. 하지만 어디까지나 배상금을 깎는 정도일 거다.

"하지만 내가 보기에 이건 경찰이 책임져야 하는 행동이거든."

백도성은 위법행위를 한 게 없다.

하나부터 열까지 모두 경찰 상부의 결정에 따라 출동하고 싸운 것뿐이다.

그런데 왜 그가 책임을 져야 한단 말인가?

"가능하겠어?"

"가능하게 만들어야지."

단순히 돈을 아끼는 게 아니라 아예 책임을 지지 않게 하는 것.

그게 노형진의 목표였다.

책임자 소환

이번 사건은 이미 1심에서 진 재판이기에 2심부터 싸워야 했다.

"우리가 먼저 해야 하는 건 2심에서 이기는 거야. 사실 민사는 나중 문제거든."

형사적으로 경찰이 백도성의 업무상 과실치상을 인정했기 때문에 그걸 근거로 재판부가 손해배상을 인정한 거다.

물론 법적으로 민사와 형사가 구분되어 있기에 형사에서 이겼다고 해도 민사에서는 질 수도 있지만, 최소한 법적 근거가 있고 없고의 차이는 배상액에도 엄청난 영향을 미칠 수밖에 없다.

노형진과 함께 재판정으로 향하던 서세영이 조금 걱정스

러운 표정으로 입을 열었다.

"오빠, 그런데 이거 가능하겠어? 과연 우리가 이길 수 있을까?"

"왜? 자신이 없어?"

"아니, 자신이 없다기보다는…… 그렇잖아, 우리가 싸우는 데 필요한 모든 자료는 경찰이 주는 거잖아. 그런데 의뢰인을 고발한 것도 경찰이고, 처벌을 내리는 것도 경찰인데……."

쉽게 말해서 현시점에서는 경찰이 증거고 증인이고 모두 다 쥐고 있고 심지어 고발까지 했으니 이쪽에서 뭘 하든 조작하면 그만이라는 거다.

"잘 아네."

"그런데도 오빠는 어떻게든 해결이 가능하다는 거야?"

"일단 우리가 노리는 게 누군지를 정확하게 안다면 말이지."

"응? 뭔데?"

"모든 인간들은 책임지기 싫어해. 그래서 지금 경찰이 백도성 씨에게 죄를 뒤집어씌운 거고."

"그렇지?"

"그러니까 백도성 씨가 아닌 다른 사람이 싸우게 만들면 그만이야."

노형진의 말에 서세영은 고개를 갸웃했다.

자신은 배우기 위해 참가해서인지, 여전히 지금 상황이 이해가 되지 않았기 때문이다.

"자, 두고 봐."

노형진은 씩 웃으며 재판정으로 들어갔다.

⚖️

재판이 시작되자 검사는 당연히 노형진을 물어뜯으려고 이빨을 드러냈다.

"재판장님, 피고인 백도성은 총격이 필요하지 않은 상황에서 총기를 이용, 피해자에게 전치 4주의 피해를 입혔습니다. 그 당시 피해자가 술에 취해서 난동을 부리고 있었다지만 무력을 익힌 경찰의 능력이면 충분히 맨손으로 제압하는 것이 가능한 상황이었습니다."

그렇게 외치는 검사를 보면서 서세영은 눈을 찡그렸다.

"너무하네. 같은 법률 집행자 아닌가?"

"그렇겠냐? 경찰과 검찰은 이권이 겹치지 않는 이상에야 사이가 좋은 편이 아니거든."

누군가의 범죄를 덮으려고 할 때는 사이좋게 아가리 닫는 그들이지만 일반적인 상황에서는 사이가 좋지 않다 보니 현실적으로 이런 사건이 발생하면 검찰은 필사적으로 경찰을 감옥에 넣으려고 발악하는 편이다.

정의나 진실은 중요하지 않다. 그들에게 중요한 건 피고가 검찰에서 시키는 대로 하지 않는 조직인 경찰에 속해 있다는 것이고, 그 자체만으로도 유죄이며 감옥에 감이 마땅하다고 믿고 있기 때문이다.

"오광훈처럼 경찰을 위해 싸우는 검사는 드물어."

도리어 오광훈은 검사로서 정체성이 약하기 때문에 기꺼이 손을 내미는 거다.

조폭이었던 시절에도 그는 자신이 조폭이라는 걸 인정하고 최소한의 선이 무엇인지 아는 인간이었으니까.

"그래도, 해도 해도 너무하네."

"이상입니다."

그사이에 검사의 발언이 끝났다.

그는 짜증 난다는 눈빛으로 노형진과 서세영을 노려보았다. 자기가 공소를 제기하고 있는데 그걸 무시하고 자기들끼리 떠들고 있으니까.

"잘 봐."

노형진은 싱긋 웃으며 천천히 재판정 앞으로 나갔다. 그러고는 간단한 인사 후에 판사에게 말했다.

"판사님, 일단 이 현장에서 간단한 실험을 해 보려고 합니다."

"실험?"

"네. 검찰 측에서는 피고인 백도성이 맨손만으로 충분히 상대방을 제압할 수 있었다고 주장하고 있습니다."

"그래서요?"

"그러니 그게 가능하지 않다는 걸 증명할 생각입니다."

그러자 검사가 단호하게 말을 끊어 버렸다.

"재판장님, 피고인 측 변호사가 누군가를 데려와서 실험한다고 하니 공정성에 의심이 갑니다."

"그럴 생각 없습니다. 검사님, 격투 훈련하시죠?"

노형진은 싱글벙글 웃으며 검사에게 물었다.

목적을 알아챈 검사는 눈을 찡그렸다.

"감히 지금 나한테 실험을 당하라 이겁니까?"

"감히?"

검사는 뭔가 기분 나쁘다는 듯 말했지만 그게 그의 실수였다.

"아이고."

뒤에서 보고 있던 서세영은 고개를 흔들며 머리를 짚었다.

왜냐하면 노형진이 가장 싫어하는 단어가 바로 '감히'이기 때문이다.

최소한 공정한 법률적 서비스를 받아야 한다고 생각하는 노형진에게 '감히'라는 말을 그것도 재판정에서 했다는 건, '나 좀 죽여 주세요.'라고 하는 것이나 다를 바 없었다.

"나 말고 다른 사람 시키세요. 다른 경비도 많잖아요?"

"재판장님, 아시겠지만 이 실험은 공정성! 이 아주 중요합니다. 제가 다른 경비를 하는 분들을 포섭했을 수도 있는 일 아니겠습니까?"

"그렇게는 안 보이는데요?"

뭔가 김새가 이상했는지 판사도 검사의 편을 슬쩍 들어 줬지만 애석하게도 그 정도로는 검사를 보호할 수 없었다.

"그리고 실험이란 동일한 상황을 기준으로 검증해야 하지 않겠습니까? 경비원분들이 흉기를 든 사람을 제압하는 훈련을 했을 것 같지는 않습니다만."

"그거야 그런데……."

"게다가 검사야말로 문무를 겸비한 분들 아닙니까?"

그 말에 왠지 묘해지는 검사의 표정.

그걸 보면서 노형진은 속으로 피식 웃었다.

'그러겠지.'

검사는 이미지가 상당히 복잡한 직업이다.

고문이나 위협을 통해 없는 죄를 만들어 내는 검사가 있는가 하면, 직접 두 발로 뛰고 칼침을 맞아 가면서 조폭과 싸워 억울한 피해자를 지키는 검사도 있기 때문이다.

'나도 이렇게까지는 안 하려고 했단 말이지.'

사실 이건 검사가 아니라도 상관없다.

필요하면 다음 기일을 잡아서 법원에서 정한 사람을 데려오려고 했다.

하지만 감히라는 말은 절대로 재판정에서 꺼내서는 안 되는 말이었다. 그것도 검사가 해서는 안 되는 말이다.

차라리 판사가 했다면 이해라도 한다.

왜냐, 실제로 재판부에서 모든 결정권을 가지고 있으니까.

하지만 검사는 아니다.

결정권도 없고, 그걸 강요해서도 안 된다. 그런데도 재판
정에서 '감히'라는 말을 꺼냈다는 것은 내가 공소를 제기한
이상 답은 결정되어 있다는 의미다.

그랬기에 노형진은 이참에 혼쭐을 내 줄 생각이었다.

"음……."

"아니면 혹시 훈련을 부실하게 하셨나요?"

"뭐요?"

"뭐, 훈련을 제대로 안 하셨다면 이해합니다. 제대로 못할
수도 있죠, 뭐."

노형진의 말에 검사의 얼굴은 똥 씹은 표정이 되었다.

그도 그럴 게 검사의 육체적 훈련도 업무의 영역이기 때문
이다.

그런데 그걸 못했다는 건 본연의 업무를 제대로 하지 않았
다는 소리다.

물론 실제로 검사가 육체적인 격투를 할 일은 거의 없다.

오광훈 같은 타입이 변종인 거지, 검사는 넥타이 매고 시
원한 에어컨 아래에서 기소 서류나 보면 된다고 생각하는 게
일반적이다.

그래서 실제로 검사들의 상당수가 그런 육체 훈련을 시간
때우는 수준으로 하기도 한다.

"그렇다면 어쩔 수 없고요."

하지만 아무리 그렇다고 해도 면전에서 '너 개못하잖아.'라

는 소리를 듣고 도망가기에는 검사의 자존심이 너무 높았다.

"기꺼이 실험에 응해 드리죠."

노형진의 도발에 넘어간 검사는 당당하게 앞으로 나왔다.

그러자 노형진이 고개를 숙여서 감사 인사를 건넸다.

"감사합니다. 그러면 빠르게 하지요."

노형진은 자리로 돌아가서 가방에서 뭔가를 꺼냈다.

그 순간 웅성거리는 소리와 함께 비명이 들렸다.

"카…… 칼이다!"

"경비! 경비!"

심지어 판사조차도 다급하게 경비를 불렀다.

그도 그럴 것이, 노형진이 꺼내 든 게 기다란 사시미, 즉 회칼이었기 때문이다.

"어떻게 칼을?"

당연하게도 모든 법원 앞에는 무기의 반입을 막기 위해 감지기가 설치되어 있고, 추가로 가방 검사까지 한다. 그런데 그 모든 걸 통과했다니 믿을 수가 없었다.

그때 노형진이 천연덕스럽게 말했다.

"이건 가짜입니다."

"가짜?"

"그렇습니다, 판사님. 보다시피 영화 소품용 칼입니다."

노형진이 살짝 누르자 안으로 쑥 들어가는 칼.

"플라스틱으로 만들어진 거라 위험하지도 않습니다."

손에 쥐고 획획 흔들자 맥없이 좌우로 흐느적거리는 칼.

이 정도면 설사 고장 나서 휘어진다고 해도 사람을 찔러서 상해를 입히는 건 불가능하다.

"이런."

그걸 본 검사는 똥 씹은 얼굴이 되었다.

무슨 실험인가 했더니 실제 격투 실험이었으니까.

사실 검사가 애써 모른 척한 것뿐이지, 조금이라도 격투를 해 본 사람은 안다. 칼을 휘두르는 인간을 아무런 피해도 없이 제압하는 건 불가능하다는 걸.

"간단합니다. 저한테 사력을 다해서 덤비세요. 저도 사력을 다해서 찌르겠습니다. 제가 한 번이라도 찌르지 못하면 검사님 말씀대로 제압이 가능한 거고, 그게 아니라면 불가능한 거고."

"아니, 그건 말이 안 되지 않습니까?"

"왜요? 피해자는 폭력 전과를 가진 폭력 사범이었습니다. 실제로 사람을 칼로 찔러 본 적도 있는 사람이죠."

"그거야 그런데⋯⋯."

"그러니까 저도 최선을 다하겠습니다. 아니면 제압할 자신이 없으신가요? 제압술 훈련을 해 보셨다면서요."

그 말에 검사는 어쩔 수 없다는 듯 앞으로 나왔다.

'그래. 고작 변호사 노릇이나 하는 약골 하나 제압 못하겠어?'

아무리 노형진이 유명한 변호사라지만 결국은 서류 작업

이나 하는 약골.

그대로 밀어붙이면 허우적거리다가 나자빠질 거라고 검사
는 믿어 의심치 않았다.

하지만 그가 모른 게 있었다.

첫 번째, 노형진은 상당히 운동을 열심히 하는 타입이라는 것.

두 번째, 그중에는 격투술 역시 들어가 있다는 것.

애초에 전생에도 살해당한 데다가 이번 생에도 많은 적을
만들고 싸워 온 노형진이 아무런 대비도 하지 않고 그냥 편
하게 다니겠는가?

평소에는 양복을 입고 평범하게 다니고 있으니 드러나지
않을 뿐, 노형진은 절대로 약골이 아니었다.

그리고 그건 실험 결과로 바로 드러났다.

"으아아!"

제압을 위해 온몸으로 태클을 거는 검사.

하지만 노형진은 그 태클을 받아들이면서 그대로 가슴에
칼을 찔러 넣었다. 그러고는 멈추지 않고 연신 칼로 푹푹 쑤
셨다.

스걱, 스걱.

칼날이 들어가는 소리가 마치 살 베이는 소리처럼 온 재판
장에 울려 퍼졌다.

어느 정도 가슴과 배를 찔렀다고 생각한 노형진은 다시 칼
을 들어서 그대로 등을 사정없이 내려찍기 시작했다.

그리고 그 광경을 보면서 판사는 떨떠름한 얼굴을 했다.

"그만…… 그만하세요."

"네, 재판장님."

노형진이 느긋하게 뒤로 물러났고, 그제야 검사는 헉헉거리면서 노형진에게서 해방되었다.

"재판장님, 보다시피 칼을 든 사람을 제압하는 건 현실적으로 불가능합니다."

"뭔 소리입니까? 제대로 저항도 못했으면서."

"글쎄요? 옷을 확인해 보시죠."

"옷?"

그 말에 검사는 황급히 자신의 옷을 확인했다. 그리고 뜨악했다.

자신의 가슴과 배에 십여 개의 도장이 찍혀 있었던 것이다.

"등에도 수십 개가 찍혔습니다만."

"뭔 짓입니까?"

"실험이라고 말씀드렸잖습니까? 당연히 흔적이 남아야죠."

당연하게도 그러기 위해서는 잉크가 나와야 한다.

실제로 영화에서 가짜 칼을 사용할 때는 옷 안쪽에 잉크 주머니를 차거나 가짜 칼에 잉크를 채워 넣는다.

"저항도 못해요? 정반대인 것 같습니다만."

상대를 압도했다고 믿은 검사가 실제로는 걸레짝이 되었는데 과연 경찰이 순조롭게 제압할 수 있었을까? 당연히 못

한다.

"아니, 날아 차기를 한다거나."

"그러면 검사님도 하시지 그랬습니까?"

날아 차기는 분명 강력한 한 방이다. 하지만 실패하는 순간 완전히 무방비가 된다.

그렇기에 실제로는 절대로 쓰지 않는 기술 중 하나가 바로 날아 차기다.

그러나 검사는 노형진의 지적에도 굴하지 않고 입을 열었다.

"그 당시에 출동한 건 한 명이 아니었습니다, 재판장님. 한 명이 제압당해도 다른 사람이 제압을 시도할 수 있었습니다."

"그리고 그사이에 한 명은 목숨을 잃겠지요. 지금 검사님의 몸에 찍힌 칼자국이 몇 개 같아 보이십니까? 그 정도면 누가 와도 못 살릴 겁니다."

물론 이건 어느 정도는 틀린 말이다. 왜냐하면 진짜로 몸에 꽂힌 칼은 쉽게 빼내지 못하기 때문이다.

특히나 사시미처럼 긴 칼은 더 빼내기 힘들다.

사실상 안 써 본 사람들은 잘 다룬다고 해도 많아 봐야 네 번 정도.

하지만 횟수와 상관없이 아무런 피해도 없이 상대방을 제압하는 것은 불가능하다.

"더군다나 이곳은 식당과 다릅니다."

노형진은 주변을 스윽 가리키며 말했다.

"테이블도, 의자도 없습니다. 그랬기에 검사님은 전속력으로 나에게 달려들 수 있었지요. 하지만 그 당시 현장의 모습이 담긴 CCTV 영상에 의하면 피해자 오황지와 피고인 백도성의 사이에는 두 개의 테이블과 여덟 개의 의자가 있었습니다. 그런 상황에서 전속력으로 달려들어서 제압하는 건 불가능합니다."

"하지만 피고인 백도성은 방검복을 입고 있었습니다. 당연히 오황지가 달려들어도 충분히 막으면서 제압이 가능합니다."

'안 싸워 본 티가 너무 나는데?'

노형진은 검사의 말에 기가 막혔다.

분명 방검복은 칼을 막을 수 있다. 하지만 절대로 누구도 방검복을 입고 칼 앞에 서고 싶어 하지 않는다.

왜냐, 칼은 막을 수 있지만 목숨을 구해 줄 수는 없으니까.

애초에 방검복은 가슴과 배 그리고 등같이 주요 장기가 있는 부위를 보호하는 수준이지, 실제로 착용자들을 완전무결하게 보호해 주지는 않는다.

당장 방탄복도 그 자체로는 충분히 총알을 막을 수 있지만 실제로 전쟁터에서 은폐 엄폐도 하지 않은 채 방탄복만 믿고 사방으로 뛰어다니는 병사는 없지 않은가?

"그렇게 생각하신다면 다시 한번 제압해 보시겠습니까?"

"그러겠습니다."

이번에는 확실하게 패대기를 치는 것으로 복수하고 싶었던 검사는 한 번에 달려들지 않았다.

처음에는 아까 말한 것처럼 날아 차기를 할까 했지만 노형진의 말처럼 테이블과 의자가 사이에 있는 상황에서는 현실적으로 불가능했기에 천천히 주변을 돌면서 바로 제압할 수 있는 방향을 찾기 시작했다.

'젠장.'

그러나 실제 상황과 맞닥뜨리자 쉽지 않다는 걸 알 수가 있었다. 방검복으로 팔과 다리까지 보호할 수는 없으니까.

결국 검사는 한참 눈치를 보다가 그대로 달려들었다. 그러나 이번에도 노형진에게 바로 당했다.

눈치를 보던 노형진이 옆으로 물러나자 그대로 등이 드러났으니까.

그리고 노형진은 칼로 넘어지는 검사의 목 뒤를 스윽 그었다.

이미 잉크가 터져서 피처럼 빨간 색소가 묻어 있던 장난감 칼날이 검사의 목을 스치고 지나가면서 혈선 하나가 순식간에 그어졌다.

그 감각이 어찌나 소름이 끼치는지, 그게 잉크인 걸 아는 검사조차도 그대로 후다닥 일어나서 뒤로 물러날 정도였다.

"재판장님, 보시다시피 달려들지 않고 눈치를 보며 시간을 끌어도 당할 수 있습니다."

"재판장님, 이건 어디까지나 결과론적인 겁니다. 결과적으로 경찰은 무슨 수를 써서라도 피해자가 다치지 않는 방법으로 제압해야 했습니다!"

검사는 거의 발악적으로 소리를 질렀다.

두 번이나 당한 데다 이대로라면 창피까지 당하게 생겼으니 조급해진 것이다.

"재판장님, 현장에는 분명히 의자가 있었습니다. 그리고 의자는 현실적으로 칼을 든 사람을 제압하기에 충분히 훌륭한 도구입니다."

"그건 사실입니다, 재판장님."

노형진은 의외로 그 말에 동의했다.

실제로 칼을 든 사람과 싸울 때 가장 대응하기 좋은 물건은 의자다.

길이가 보통 칼보다 길고 네 개의 다리가 상대방의 손이나 칼을 쳐 내서 떨어트릴 수 있는 충분한 강도를 가지고 있는 데다가 의자의 좌판이 충분히 방패 노릇을 할 수 있을 정도로 딱딱하기 때문이다.

그래서 전문가들은 의자의 그러한 특성을 이용해서 상대방을 공격해 무기를 떨어트리는 방법이 칼을 든 상대방을 만났을 때의 최후의 수단으로 그나마 쓸 만하다고 한다.

"만일 피고인이 그렇게 했다면 피해자는 다리에 총상을 입지 않았을 것입니다."

검사는 드디어 꼬투리를 잡았다고 생각했지만 애석하게도

노형진은 그 정도도 생각하지 못할 만큼 무능하지는 않았다.

"재판장님, 물론 피고인 백도성 씨도 그 생각을 했을 겁니다."

"그런데요?"

"하지만 그 당시에는 주위에 다른 사람이 더 있었습니다. 네 명의 여성과 두 명의 아동 그리고 네 명의 남성이, 피해자라 주장하는 오황지의 뒤에 있었습니다."

식사하러 온 일가족과 커플 그리고 주방에서 일하던 사람들이 그 당시에 오황지의 뒤에 있었다.

"그나마 직원들은 카운터 너머에 있어서 방어할 시간이 있었습니다만 그 뒤에 있던 다른 피해자들은 스스로 방어할 능력이 전혀 없었습니다."

여자들과 아이들은 그 상황에서 스스로를 보호하기 힘들 가능성이 높다.

결국 방어할 수 있는 것은 남성 네 명인데, 그중 두 명은 직원이고 나머지 두 명은 손님 일행이라 흉기를 든 사람을 상대하기 어렵다.

"그러니까 검사님은 그들이 방검복이나 다른 무기도 없는 상황에서, 술에 취해서 칼을 휘두르던 피해자를 제압했어야 했다는 뜻입니까?"

"그게 아니라……."

그제야 검사는 아차 했다.

경찰의 가장 핵심 업무는 다름 아닌 선량한 시민을 보호하는 것.

만일 오황지가 현장에 있는 다른 피해자들에게 칼을 휘둘렀다면? 그걸 경찰이 막지 않고 구경만 했다면?

아마도 사회적 질타가 지금과는 비교도 못 할 정도로 쏟아질 거다.

실제로 그런 경우가 한두 번도 아니고, 그러다 사람이 죽은 경우도 적지 않다.

경찰 상부는 무슨 일이 있어도, 설사 경찰 스스로가 죽을 수 있는 상황이라고 해도 총을 쓰지 않기를 바란다.

말로는 비상시 총기 사용을 허가한다고 하고 사격 훈련도 시키지만 막상 때가 되면 총기는커녕 공포탄만 발사해도 온갖 징계에 보고서에 인사고과까지 마이너스를 때려 버려서, 경찰 입장에서는 목에 칼이 들어와도 총을 뽑는 걸 주저하게 된다.

경찰들이 왜 매번 싸우다가 멍이 들고 칼에 찔리겠는가?

상대방이 쇠 파이프니 칼이니 온갖 흉기를 휘둘러도 경찰 상부에서는 무조건 '총기 사용 불가'와 '총기 사용 시 징계'를 외치고 있기 때문이다.

'하지만 또 그게 되게 웃긴 거란 말이지. 경찰이 스스로를 위해 총기를 사용하는 건 징계 대상이지만 제3자를 위해 어쩔 수 없이 총기를 사용하는 건 나름 핑계로 먹히니까.'

노형진이 세운 계획, 그건 단순히 '어쩔 수 없이 총을 쐈다.'는 게 아니라 '시민의 안전을 위해 총을 쐈다.'고 주장하는 것이었다.

아 다르고 어 다른 게 바로 법이니 말이다.

"그러면 검찰에서는 피고인이 선량한 시민의 안전과 상관없이 어떤 경우에도 총기를 사용하지 말아야 한다고 생각하시는 겁니까?"

노형진의 질문은 단순했다.

하지만 그 내면의 목적을 알아챈 검사는 얼굴이 노래졌다.

'좆 됐다. 함정에 걸렸어.'

이쪽을 바라보고 있는 남자.

목에 걸린 신분증대로라면 그는 분명 기자다.

그런데 그 앞에서 '네.'라고 대답해 버리면?

여론의 공격은 경찰이 아니라 검찰을 향할 것이다.

아마도 30분도 지나지 않아서 '검찰, 사람이 죽어도 총기는 절대 사용 불가. 국민들은 각자도생해야' 같은 타이틀로 뉴스가 보도되지 않을까?

노형진은 그걸 노리고 검사가 아니라 검찰이라고 호칭을 붙인 것이다.

"아니면 국민들을 지키기 위해서는 총기 사용이 가능하다고 생각하십니까?"

사실 답은 정해져 있다.

여기서 총기 사용에 반대한다고 말하면 검찰은 천하의 개

쌍놈이자 권력만 중요한 놈이 되니까.

하지만 여기서 총기 사용이 가능하다고 대답하면?

"어떻게 생각하십니까?"

"상황에 따라서는 사용이 가능하다고 생각합니다."

"그런데 왜 이렇게 무리해서 기소하신 겁니까?"

이렇게 되어 버린다.

기소를 왜 했느냐는 질문에 검사는 아무런 말도 하지 못했다.

⚖️

"이제 검찰에서는 뭐라고 할까?"

재판이 끝난 뒤.

함께 법원을 나서던 서세영이 문득 질문을 해 왔다.

노형진은 생각할 것도 없다는 듯 어깨를 으쓱이며 답했다.

"뭐, 뻔하지. 그 책임을 경찰에 돌릴 거야."

"경찰에?"

"당연한 거 아니야?"

이건 누가 봐도 무리한 기소다.

다짜고짜 처음부터 총을 쏜 게 아니었다.

처음에는 말로 설득했으나 피해자가 칼을 휘둘렀고, 뒤에 있던 다른 직원들과 피해자들이 횟집을 떠나기 위해 그의 앞을 지나려 하자 칼로 협박해 움직이지 못하게 했다.

가게의 입구는 하나뿐이었기에 결국 피해자들은 범인의 뒤에서 벌벌 떠는 것 말고는 할 수 있는 게 없었다.

"그런 상황에서 대응 순서는 사실 뻔하거든."

경찰이 도착하면 말로 설득하고, 말로 안 되면 그때는 스턴 건을 이용해서 제압을 시도한다.

하지만 하필 계절이 겨울이라 두꺼운 패딩에 막히며 실패.

그러니 그 뒤에도 위험도가 높은 상황이 계속되면 공포탄을 쏘면서 제압을 시도해야 한다.

그런데 피해자는 계속해서 칼을 들고 저항, 경찰과 대치했고, 그러던 중 애가 울자 상황이 돌변하고 말았다.

"증언에 따르면 그냥 위협적인 상황이 아니었거든."

아이가 울자 술에 잔뜩 취한 피해자가 아이에게 다가가면서 시끄럽다고, 아가리를 찢어 버리겠다며 고래고래 소리를 지른 것이다.

칼을 쥔 상황에서의 그 위협은 진심으로 들렸기에 백도성은 총을 쏠 수밖에 없었다.

"다만 그 과정에서 몇 가지 문제가 되는 게 있기는 하지만."

"경찰의 명령?"

"맞아."

일단 첫 번째, 명령.

백도성이 고발당한 가장 큰 이유라고 볼 수 있는 것. 그건 다름 아닌 경찰 상부의 명령이었다.

경찰 상부는 어떤 경우에도 총을 쓰지 말라고 했다.

"아마도 진짜로 위험하다고는 생각하지 않은 거겠지."

다른 동료가 거의 실시간으로 상황을 보고하고 있었지만, 상부에서 총기가 발사되면 구설수에 오른다며 무슨 일이 있어도 총기 사용을 금지한다고 명령을 내리는 바람에 '감히 너 따위가 우리 명령을 무시해?'라는 생각에 경찰에서도 업무상 상해로 넘겨 버린 것이다.

"두 번째는?"

"전부터 말했지만 어지간해서는 어떻게든 팔이 안으로 굽는 게 경찰이란 말이지."

설사 백도성의 자의적인 공격이었다 해도 경찰은 자기들이 욕먹기 싫기 때문에 '상황상 너무 위험해서 선택지가 없었다.' 정도로 발표하는 게 얼반적이다.

그러나 백도성의 경우에는 정반대의 모습을 보였다.

"언론에 보도되지 않아서 그런 거 아니야?"

"아니야. 반대야. 도리어 언론에 보도되지 않는다면 자기들 선에서 덮는 게 가능하지."

그런데 충분히 그럴 만한 상황인데도 불구하고 굳이 처벌을 선택했다.

"상부의 누군가가 생각보다 빠르게 상황을 캐치하고 도중에 수사 방향을 돌린 거지."

그리고 그건 아마도 LX60에 대해 아는 상부일 가능성이 크다.

"검사가 기소한 건?"

"검사야 경찰이랑 사이가 안 좋으니까."

검사 입장에서는 업무상 과실치상으로 사건이 넘어왔을 때 선택지가 두 가지다.

첫 번째, 사건을 제대로 조사하고 백도성이 억울하게 피해를 입고 있다고 주장하면서 경찰과 싸우는 것.

두 번째, 업무상 과실치상으로 처벌하면서 경찰의 얼굴에 똥칠하는 것.

"둘 다 똑같이 경찰 조직의 얼굴에 똥칠할 수 있지만 후자가 편하거든."

심지어 전자는 경찰과 싸워야 하지만, 후자는 경찰이 스스로 얼굴에 똥칠하겠다고 똥을 얼굴에 가져다 대는 수준이다.

"그러니까 당연히 꿀꺽했겠지."

물론 터지면 전자가 더 크게 경찰의 얼굴에 똥칠할 수 있겠지만, 사실 수사하기 전에는 그걸 터트릴 수 있을지 확신이 없으니 아마도 대충 터트리자고 생각했을 거다.

"똥칠한다고 뭐가 달라지나?"

서세영은 이해가 가지 않는다는 듯 고개를 갸웃했다.

"아예 달라지지 않는 건 아니야. 서로 사이가 좋지 않다 보니 약간의 심리적 가산점이 있기는 하거든."

문제는 그 심리적 가산점이라는 게 절대로 만만한 게 아니라는 거다.

공정하게 1점씩 인사고과를 받아야 하는 상황에서 '그래도 경찰 놈들 엿 먹였으니 고생했네.'라면서 2점을 주면 그 1점 차이로 인해 승진 대상이 바뀌어 버리기 때문이다.

"타이밍에 따라 고작 1점이 아니게 되는 거지."

그런데 그게 고작 1점이 될지 10점이 될지는 오직 상부의 결정에 달렸으니 기회가 될 수도 있다는 것이 문제였다.

"그 당시의 증거 영상이나 촬영본을 좀 더 확인해 보는 게 좋겠어."

"남아 있을까?"

"글쎄. 그건 확인해 봐야지."

일반적으로 CCTV는 일정 시간이 지나면 영상을 삭제한다.

하지만 강력 사건이나 어떤 사건으로 의심되는 영상은 경찰에서 별도로 보관해 두는 편이다.

"그 당시에 가게 내부에서 찍은 영상은 이미 확보했잖아?"

그랬기에 노형진이 가게 안쪽에서 피해자들이 몸을 숨기고 있었다는 걸 알 수 있었던 거다.

"그래, 하지만 때로는 현장이 아니라 바깥쪽이 더 중요한 경우도 있거든."

노형진의 손에 들어오지 않은 현장 바깥의 영상, 그걸 확인해 볼 필요가 있었다.

"그 당시 영상요? 당연히 있죠."

그 당시의 영상은 예상대로 경찰에 없었다.

정확하게는, 내부의 영상 외에 별도의 영상은 없었다.

내부의 영상은 이미 봤기에 빠르게 발을 돌린 노형진은 경찰을 대신해 그 당시에 사건이 발생했던 가게 측에 연락했다.

"진짜로요?"

"네. 워낙 큰일이었잖습니까? 그래서 별도로 보관해 달라고 했습니다. 그런데 이미 경찰에 제공했는데요."

"아, 그게 아니라 외부 영상을 보고 싶은데요."

"외부 영상? 주차장 말인가요?"

"네, 주차장이랑 입구 쪽요."

"그거야 어렵지 않은데……. 그런데 그걸 마음대로 보여드려도 되는 건지……."

"법적으로는 문제가 안 됩니다. 그 당시에 경찰분이 억울하게 고소당하셔서요."

"네? 그분이요? 아니, 그러면 안 되죠. 제가 그분 덕분에 살았는데!"

칼을 빼앗아 든 피해자가 눈을 희번덕거리면서 자신을 노려보는 순간, 주인은 '이제 죽는구나.'라고 생각했다고 한다. 다행히 경찰이 때맞춰 와 줘서 살았다고.

"당연히 보여 드려야지요."

그는 노형진과 서세영에게 바로 영상을 보여 줬다.

"혹시 저기로 들어오는 차가 범인의 차량입니까?"

소송 서류에는 차량 번호나 관련 기록이 없었기에 노형진은 하나하나 차들을 확인해야 했다.

다행히 그 시간에 차량이 많지 않아서 어렵지는 않았다.

"네."

"좋은 차네요."

"비싼 차를 타는 놈이 그럴 줄은 몰랐습니다, 진짜로."

천천히 차를 끌고 안으로 들어온 남자는 차를 주차장에 대충 세워 두고 그대로 횟집으로 들어갔다.

"안쪽 영상은 안 봐, 오빠?"

"이미 그건 충분히 봤어."

안에 들어와서 술을 마시다가 경찰이 올 때까지 깽판을 치는 모습은 수십 번도 더 돌려 봤다. 하지만 딱히 별건 없었다.

"하지만 이건 별게 있어 보이는데?"

"뭔데?"

"여기 주차하는 모습을 봐. 완전히 라인을 무시하잖아?"

"뭐, 개 같은 성격이라서 그런가 보지."

노형진은 서세영의 말에 고개를 흔들었다.

물론 그럴 가능성도 없는 건 아니다. 하지만 거기에는 다른 가능성도 존재했다.

"범인은 갑자기 미쳐서 날뛰었어. 그렇지?"

"맞아."

"그런데 멀쩡한 상황에서 그러겠어?"

"어…… 그건 아니지, 보통?"

"그렇지."

노형진은 고개를 돌려서 주인에게 물었다.

"그 당시에 범인이 술을 얼마나 마셨습니까?"

"음…… 사케 네 잔 정도요."

"사케라는 게 도수가 세지는 않죠?"

사케란 일본 전통술을 말한다.

한국으로 치면 청주 같은, 전통적인 양조법으로 주조한 술을 의미하는데, 일본은 한국과 달리 사케가 지역별로 엄청 다양하게 나오기에 도수가 제각각이다.

하지만 기본적으로 전통주 스타일로 만들어지는 술이라서 도수가 아주 높지는 않은 편이다.

"보통 14도에서 20도 사이이긴 한데……."

"그 당시에 마셨던 건요?"

"14도짜리였습니다."

"한 잔 용량이 얼마나 됩니까?"

"소주잔보다 좀 더 크죠. 네 잔이라면 소주 한 병 조금 안 나오는 정도일걸요."

"확실히 이상하네요."

사케는 취해서 칼을 들고 휘두를 정도로 독한 술이 아니다. 그런데 갑자기 돌아 버려서 칼을 휘둘렀다?

"술이 약한 사람일까?"

"아닐 거야. 오광훈 검사가 그랬잖아, 폭력 조직인 LX60 소속이라고."

"그랬지."

"폭력 조직에 속한 놈들은 무식한 놈들이야."

술을 안 마신다? 그러면 사내도 아니라고 생각한다.

폭력 조직에서 남자란 술 잘 마시고 계집질도 좀 하고 주먹도 좀 휘두르는 극단적 마초 같은 존재여야지, '제가 술을 잘 못 마셔서요.'라면서 내빼는 약골이어서는 안 된다.

"당장 건설 쪽만 해도 술 못 마시면 공기 취급받는데 하물며 폭력 조직에서 술을 못 마셔? 아마 사람 취급도 못 받을걸. 더군다나 오광훈의 말에 따르면 그렇게 번 돈으로 하루가 멀다 하고 클럽이니 룸살롱이니 다니는 모양인데, 고작 소주 한 병도 안 되는 양에 취해서 저런다고?"

일반적인 상황을 생각하면 저 정도는 안 된다.

"그런가?"

"그래. 아마도 가게에 들어오던 시점에 이미 술 아니면 약에 취해 있었던 거겠지."

"약?"

"마약."

노형진은 영상을 보면서 확신했다.

"범인이 들어올 때 술에 취해 보였나요?"

"글쎄요? 좀…… 그런 것 같기는 했습니다. 메뉴를 이상한 걸 시켰거든요."

"메뉴요?"

그러고 보니 보고서 어디에도 술 외에 뭘 주문했는지는 언급되어 있지 않았다.

사실 보통 그런 건 중요하지 않으니까 군이 조사하지 않는 거지만, 노형진은 다르게 생각했다.

"뭘 시켰는데요?"

"다금바리요."

"네? 여기서 다금바리를 팔아요?"

"보통 다금바리라고 부르는 건 자바리죠. 제주도에서 자바리를 다금바리라고 부르거든요. 진짜 다금바리는 뻘농어예요."

"아하!"

실제로 진짜 다금바리, 즉 뻘농어는 애초에 잡히는 경우가 무척이나 드물어서 이런 곳에서 먹지도 못한다고.

진짜 다금바리를 먹으려면 제주도에 직접 가는 수밖에 없다고 한다.

"그러면 그 자바리라는 것도 비쌉니까?"

"네. 저희가 판매할 때의 가격이 마리당 80만 원입니다."

"그렇게나 비싸요?"

"애초에 자바리 자체도 싼 놈은 아니거든요."

수산시장에서도 자바리 한 마리에 30만 원은 줘야 하니 여기서는 그만큼 가격이 뛸 수밖에 없다.

"그런데 혼자 와서 그걸 시키더라고요."

"큰가 보군요."

"혼자서는 절대 못 먹죠."

그래서 실제로 자바리는 거의 집안이나 회사에서 행사가 있을 때에나 판매된다고 한다.

"하긴, 한 마리에 80만 원이면 그럴 만하겠네."

서세영조차도 가격에 놀라서 고개를 끄덕거릴 정도였다.

"그래서 혼자 다 드실 수 있겠냐고 물어보니 지금 자기 무시하냐고 막 화내더군요. 돈 있다고, 자기 무시하면 싹 다 죽여 버리겠다고 길길이 날뛰었어요."

"그러면 그날 손해가 크셨겠습니다, 그 난리가 나서 도망 갔으니."

"그놈은 아니죠, 그놈이 뿌린 돈이 한두 푼도 아니니. 다른 분들이야 돈을 내지 못하셨지만 놀라서 그런 거니 탓하지는 못하겠고."

"네? 그놈은 아니라고요?"

"네. 그 새끼, 저희가 처음에는 설득하려고 했거든요."

애초에 아무리 먹성이 좋아도 자바리 한 마리를 혼자서 다

먹는 건 유튭에서 먹방 하는 사람들이 아니면 불가능하기에 말렸는데, 수표를 뿌리면서 자바리를 가져오라고 했다고.

"그날 저희한테 돈만 200만 원을 뿌렸습니다."

설득도 안 먹히고 돈은 이미 냈으니까 일단 자바리를 가져다준 다음 나중에 나갈 때 120만 원은 돌려줄 생각이었다고 한다.

"그런데 그 사달이 난 거죠."

결과적으로 금전적 손해 자체는 없었다고.

"그렇군요."

노형진은 왠지 심각한 얼굴로 한참을 고민했다. 그러더니 확인하듯 물었다.

"그런데 왜 갑자기 난동을 부린 겁니까?"

"네?"

"아무리 생각해도 멀쩡하게 잘 먹던 사람이 사시미를 빼앗아서 휘두를 이유가 없어서요."

세상에 묻지 마 살인이라는 게 있다지만 그렇다고 해서 멀쩡하게 술 마시던 사람이 아무 이유 없이 칼을 휘두르지는 않는다.

그런데 이야기를 들어 보니 그 원인이 가관이었다.

"아까 말씀드렸다시피 저희가 돈을 돌려드리려고 했거든요."

장사가 잘되는 것과 별개로 양심적으로 장사하는 것은 중요한 거다.

상대방이 술에 취했다고 바가지를 씌우면 당연히 안 좋은 소리가 나오고 나중에 문제가 생길 수밖에 없다.

"술에 취해서 다금바리 시킨 거야 뭐, 본인이 실수한 거니까 어쩔 수 없다지만요. 그래서 그 돈을 돌려드리겠다고 말씀드렸더니…….."

"그랬더니요?"

"갑자기 너희도 날 무시하느냐고 그 지랄을 하더라고요."

"너희도 날 무시하느냐라…….."

노형진은 그 말에 뭔가 느낌이 왔다.

"그러면 그 후에는요?"

"그 후에는 저희 쪽으로 넘어와서 사시미를 빼앗아 들고는 휘두르기 시작했죠."

그다음부터는 이미 알고 있는 사실대로였다.

정확히 경찰의 기록에 나온 대로라서 특이할 만한 점이 없었다.

"그렇군요. 감사합니다. 아, 영상 좀 가져가도 될까요?"

"기꺼이요."

"네."

노형진의 말에 주인은 고개를 끄덕거렸고, 노형진은 미리 준비한 USB에 옮겨 담았다.

그러고는 밖으로 나오자 서세영이 물었다.

"약 한 것 같지?"

"너도 그렇게 느껴?"

"처음에는 술을 많이 마신 게 아닐까 했거든. 그런데 술 마신 것치고는 뭐랄까, 찝찝한 게 있어."

술을 마시고 운전해 왔다면, 그래서 여기에서 술주정을 한 거라고 해도 이해는 간다.

하지만 술과 약의 차이점이 아예 없는 건 아니었다.

"영 찝찝한데 그게 뭔지 모르겠어."

서세영이 뭔가 걸리는 표정으로 중얼거리자 노형진은 자신도 이해한다는 듯 말했다.

"아마도 혼자서 술을 마시는 행위 자체가 마음에 걸린 걸 거야."

"그게 왜?"

"혼자서 술을 마시는 행위 자체가 보통은 상당히 드물거든. 특히 한국에서 혼자 술집에서 술을 마시는 행위는 '내가 뭔가 힘든 일 있다.'라는 의미에 가까우니까."

"확실히 그건 그러네. 헤어지거나 망했거나 아니면 부부 싸움이거나. 웬만해서는 혼술 하는 분위기가 아니긴 하지."

물론 혼술 하는 사람이 아예 없는 건 아니지만 그런 사람들은 보통 간단하게 한잔할 수 있는 순댓국집 같은 곳을 가지 화려한 전통 일식집을 찾아가지는 않는다.

혼자서 술을 마시려고 하면 가게에서 받아 주지 않을 가능성도 높고, 설사 받아 줬다 해도 자리에 앉아 있다 보면 눈치가 보이기 때문이다.

"더군다나 혼술을 하는 사람은 그냥 한자리에서 먹고 끝내지, 자리를 옮기지는 않아. 그런 면에서 술에 잔뜩 취해서 혼자 일식집에 온 건 상당히 이상한 행동이지."

"그런가? 그런데 왜 혼자 먹을 때는 자리를 안 옮겨?"

"친구들하고 먹을 때는 왜 옮기겠어? 다른 것도 먹고 싶으니까 그런 거잖아. 그런데 혼자서 먹어 봐야 얼마나 먹겠어?"

"하긴, 그건 그러네."

여럿이서 술을 마실 때 1차에서 소주와 회를 먹었다면 2차에서는 맥주와 튀김으로, 3차에서는 다시 소주와 어묵탕 같은 식으로 메뉴가 바뀐다.

계속 같은 자리에서 같은 안주만 먹으면 지겹기 때문이다.

"그런데 오황지는 아니잖아."

"그러네. 혼자면 옮길 이유가 없기는 하구나."

돈이 얼마나 있는지와는 별개로 이미 다른 곳에서 술을 마셨다면 그때 먹은 안주만으로도 배가 찼을 거다.

도리어 돈이 있으니 배가 더 빨리 찼을 거다. 먹고 싶은 건 다 시켜 먹었을 테니까.

"더군다나 아무리 술에 취해서 판단력이 떨어진다고 해도, 배가 차면 인간은 본능적으로 적당히 컨트롤하기 마련이거든."

술에 잔뜩 취해서 필름이 끊어져도 배가 부르다고 느끼는 것은 이성이 아니라 본능의 영역이기에 말도 안 되는 수준으로 음식을 먹지는 않는다.

그런 상황에서 라면이 먹고 싶어진다 해도 기껏해야 한 개 정도 끓이지, 세 개씩 끓여서 꾸역꾸역 먹지는 않는 것이다.

"즉, 이미 술을 마신 상태라면 안주로 다금바리를 하나 통째로 시켜서 먹지는 않았을 거라는 거네."

"그렇지. 물론 돈지랄을 하려고 그런 걸 수도 있지만."

"흠……."

"그리고 가장 중요한 건 이거야. 자기가 무시당하나 싶어서 눈깔이 돌아갔다는 거."

"그게 왜?"

"폭력 조직에 있어서 가장 중요한 게 가오거든."

먹을 게 없어서 매일같이 라면을 끓여 먹어도, 돼지 사료를 물에 말아 먹어도 오로지 가오 하나로 살아가는 게 바로 폭력 조직이다.

그렇기에 조직원들의 공통점이 바로 무시당하고는 못 산다는 것이었다.

"오황지가 그랬다잖아, '너도 나 무시하냐?'라고."

"아, 그랬지."

"그걸 보면 상황이 안 좋은 거야. 누군가에게 무시당하고 있다는 거지."

"누구한테?"

"누구겠어?"

돈이 있고 힘이 있는 사람이 바로 오황지다. 그런 그를 대놓고 무시하려면 그보다 더 많은 돈과 더 강한 힘이 있어야 한다.

"아마도 방해만이겠지."

리딩방 사기를 친다면 당연히 핵심 인력은 방해만이다.

처음에는 오황지를 기준으로 사람이 모였을 테니 조직의 중심도 그였겠지만, 시간이 지나면 자연스럽게 실권을 방해만이 쥐게 될 테니 오황지는 밀릴 수밖에 없다.

"그래서 무시한다고 화를 낸 걸까?"

"그럴 가능성이 높지. 그래도 그쪽에서는 오황지를 버릴 생각이 없어 보이고."

"응? 그걸 어떻게 알아?"

"내가 아까 밖에 설치된 CCTV 영상을 볼 때 주차하는 것만 본 게 아니거든."

사건이 끝나고 구급차를 기다리는 동안 오황지는 누군가에게 열심히 전화하고 있었다.

"너 같으면 총 맞았는데 어디론가 전화하는 게 말이 된다고 생각해?"

"아니. 그건 아니지."

일반적인 경우라면 자신이 총에 맞았을 때 병원부터 가자고 고래고래 소리를 지를 거다.

그런데 어디론가 전화를 한다?

"그러니까 이상한 거지. 그런데 더 이상한 게 있어."

"뭔데?"

"왜 현장에서 마약 검사를 하지 않았을까?"

"마약 검사?"

"그래. 술에 취해서 그 난리를 쳤다면 마약 검사를 해 볼 만하거든."

실제로 이런 식으로 난동을 부리면 마약 검사를 하는 경우가 많다.

"더군다나 경찰서로 간 것도 아니잖아. 병원에 간 이상 혈액 채취는 당연한 거거든."

"아! 그러네?"

즉, 경찰에서 마약 검사를 원했다면 병원을 통해서라도 할 수 있었다는 소리다. 그런데 안 했다?

"설마?"

"그래. 아마도 상부의 개입이 생각보다 아주 빠르게 이루어진 게 아닐까 싶어."

백도성이 억울하게 고소당하고 손해배상을 하게 된 시점이 아니라 아예 사건 초기, 즉 사건이 발생하자마자 바로 상부의 개입이 시작되었을 가능성이 크다.

"아마도 저 전화를 통해 도움을 요청했겠지."

"누굴까?"

"누구겠어? 방해만이지. 말했잖아."

자기 자리를 위협하고 있어서 기분이 상한 것과 별개로 오황지에게 방해만은 같은 조직원이고, 방해만도 오황지가 잡혀 들어가면 있는 대로 나불거릴 가능성을 무시 못 하니 어떻게든 그를 지켜야 한다.

"방해만에게 그 정도 파워가 있다고?"

"그럴 리가 없지."

아무리 방해만이 방송에도 출연한 경력이 있는 자칭 경제 전문가이고 돈이 많다고 해도, 경찰 조직 내부에서 압력을 행사하는 것은 또 다른 문제다.

"이런 경우는 힘을 빌렸다고 봐야겠지."

"누구한테?"

"그걸 이제 찾아봐야지."

"가능하겠어?"

"어렵지 않아."

노형진은 어깨를 으쓱하며 말했다.

"결국 찾아온 변호사가 거의 100% 관련되어 있을 테니까."

그 변호사가 누군지만 찾아낸다면 그 뒤에 누가 있는지 추론해 내는 건 어렵지 않은 일이었다.

두 가지의 선택 중 한 가지

　사건에서 첫 번째로 관여하는 변호사는 아주 큰 의미를 가진다.

　왜냐하면 거의 대부분의 사건이 초기 대응에 따라 그 범죄의 강도나 처벌이 확연히 달라지기 때문이다.

　예를 들어 강도 상해도 잘만 커버하면 단순 상해가 될 수 있다.

　강도 상해는 처벌이 엄청나게 강력하지만 단순 상해는 벌금 정도다.

　그리고 변호사가 경찰에게 영향을 줘서 이걸 강도 상해 미수로 갈 건지 아니면 단순 상해로 갈 건지 압박을 가할 수 있기 때문에, 현실적으로 첫 체포 단계에서 관여하는 변호사의 능력이나 소속은 의뢰인에게 거의 절대적인 영향을 미친다.

"예를 들어 국선변호인이 온다? 그러면 경찰 입장에서는 부담이 덜하지."

왜냐, 국선변호인은 상대방에 대해 아는 바가 없고 규정대로 법을 해석하려고 할 테니까.

즉, 사건 초반에 국선변호인이 할 수 있는 건 불법적인 고문이나 위협 등을 통한 취조를 막는 정도이고, 그의 개인적 사정을 알지 못하기에 제공할 수 있는 서비스에 한계가 명확하다.

그래서 경찰은 상대방에게 고문이나 위협을 하지 않는 선에서 압박이 가능하다.

"만일 변호사를 바로 고용해서 보낸다? 그러면 그 집안은 보통 일반적인 수준이라는 거지."

그런 경우라면 당연하게도 경찰 입장에서는 조심은 하되 경계할 필요까지는 없다. 그냥 규정대로 일을 처리하면 된다.

"그런데 변호사가 시간과 관계없이 고용되어서 달려온다? 여기서부터는 이야기가 좀 달라져."

변호사도 저녁 6시 이후면 퇴근하기에 만일 급한 사건이 아니라면 설사 밤늦게 연락받더라도 '일단은 묵비권을 행사하세요. 내일 찾아뵙겠습니다.'라고 대응한다.

법적으로 변호사 없이 취조하는 것은 불법이기에 그들로서는 경찰서에 서둘러 찾아갈 이유도, 상대방을 위해 자신의 삶의 패턴이나 휴식을 포기할 이유도 없기 때문이다.

"그런데 그걸 포기하고 달려온 시점에서 이미 엄청난 보호 대상이라는 뜻이 되는 거구나."

설명을 들으면서 서세영은 혀를 내둘렀다.

변호사란 단순히 변론만 해 주면 되는 줄 알았는데, 변호사가 오는 시간까지 수사에 영향을 미칠 줄은 몰랐으니까.

"그래. 그러면 이 사건에 대해서 넌 어떻게 생각해?"

"엄청 심각?"

"그래, 엄청 심각해."

찾아온 변호사는 세 명. 그것도 법무 법인 태양의 변호사들이었다.

심지어 사고가 나자마자 찾아왔는데, 그들은 경찰을 압박해서 살인미수나 인질극이 아닌 단순 주취 난동으로 몰아붙였다.

"그래서 경찰은 실제로 주취 난동으로 보고를 올렸고."

단순 주취 난동에 총을 쐈으니 백도성은 그 책임을 져야 한다는 식으로 사건이 흘러갔다는 소리다.

"세 명의 변호사가 밤 10시에 달려 나왔어. 그것도 다른 곳도 아닌 법무 법인 태양의 변호사들이."

"태양이라……. 하지만 태양도 이제 옛날 같지는 않잖아."

"그렇지. 하지만 그렇다고 해서 아무에게나 서비스를 제공하는 곳도 아니지."

법무 법인 태양. 손하균이 운영하는 곳이고 홍안수 시절 권력의 정점에 있던 곳이다.

하지만 이제는 대표인 손하균의 이혼으로 인한 재산 분할과 홍안수의 쿠데타로 인한 파워 상실 등 온갖 악재 끝에 빠르게 몰락하고 있는 곳이었다.

"최소한 과거와 달리 권력적인 부분은 약하지."

과거에 태양은 사건을 무척이나 골라서 받았다.

범죄자의 이런 대형 사건? 옛날이었다면 아마 야간 근무자가 알아서 커트했을 거다.

"하지만 지금은 아니지."

나날이 세력이 줄어들고 있는 게 현실이니 세력을 다시 늘리기 위해서는 돈이 필요하다.

"그래서 이런 놈들을 위해 일한다고?"

서세영은 혀를 내둘렀다.

"자존심이 중요한 게 아니야. 누차 말하지만 모든 사람은 변호를 받을 권리가 있어. 그게 설사 연쇄살인범이라고 해도 말이지."

"끄응, 그건 그렇지."

"물론 그 늦은 밤에 중견급 변호사 세 명을 보냈다는 건 태양의 상황이 아주 안 좋다는 걸 의미하는 거겠지만."

노형진은 입맛을 다셨다. 그렇게 된 원인의 거의 절반 이상은 자신이니까.

"그런데 이해가 안 가네. 태양에서 변호사 세 명이 오기는 했는데 정작 오황지의 변호사는 태양이 아니잖아."

사건 초기에 출동하는 변호사가 당연히 사건을 담당한다. 그게 일반적인 상식이다.

그랬기에 서세영도 오광훈도, 현재 담당하는 변호사가 사건 초기에 보호를 위해 나섰을 거라 생각하고 있었다.

"아마도⋯⋯."

노형진은 사건 기록을 보면서 중얼거렸다.

"전관을 쓰기 위해서겠지."

"전관?"

"그래. 그런데 너도 알다시피 이제 옛날처럼 전관을 쓰기가 쉽지 않아졌잖아."

옛날에는 전관을 쓰면 살인도 면한다는 말이 있었다. 그정도로 전관예우를 받는 변호사들의 파워는 막강했다.

실제로 의심쩍은 사건에서 전관예우 덕분에 벗어난 사례가 한두 가지가 아니다.

"그래서 전관예우 방지법이 생겼지."

"아, 그건 그렇지. 별로 의미가 없지만."

전관예우 방지법이란 퇴직한 판사나 검사가 전관예우를 받지 않게 하기 위해 퇴직하고 1년 동안은 과거에 근무했던 지역의 사건을 담당하지 못하게 하는 법이다.

하지만 이건 눈 가리고 아웅 하는 것이나 다름없는 조치다.

퇴직하고 1년이 지났다 한들 아직 파워가 살아 있을 시점이고 애초에 전관예우라는 게 고작 1년만 가는 것도 아니다.

또한 모두가 1년씩 예우가 공평하게 늦어지는 거니 기껏해야 전관예우를 늦추는 정도의 의미밖에 되지 않는다.

"더군다나 전화 한 통이면 모든 게 해결되는 시대야. 그것도 꺼림칙하면 아래에서 일하는 사람 한 명만 보내면 그만이고."

"이것도 그런 걸까?"

"그래."

전관예우가 과연 재판정에서만 벌어질까?

정말로 그렇게 믿는다면 너무 순진한 거다.

그냥 전화 한 통 해서 '야, 풀어 줘.'라고 말하면 의뢰도 안 받고 그대로 전관의 힘을 쓸 수 있다.

심지어 이 방법은 불법이라 돈을 현금으로 주고받아야 하는데, 그 바람에 세금도 내지 않는다.

"오황지의 사건 대응을 보면 단순히 경찰 선에서 커트한 게 아니야. 더군다나 태양은 첫 번째로 세 명이나 출동했는데도 정작 수임은 안 했단 말이지."

현시점에서 오황지를 변론하고 있는 사람은 단독 사무실을 가진 변호사다.

즉, 아무런 힘도 없는 변호사라는 소리다.

"그게 무슨 의미겠어?"

"실질적으로 수임은 태양이 하고 현 변호사는 얼굴마담이라는 거구나."

"맞아. 실제로 대형 사건에서는 종종 쓰는 방법이지."

전관을 쓰자니 부담스럽고 주변의 시선을 피해야 할 때가 있다. 지금 같은 사건은 이슈가 되면 오황지도, 그리고 태양도 부담스러우니까.

"돈이 없다면 모를까, 돈이 있는데 고작 550만 원 주고 혼자서 일하는 변호사를 고용하겠어? 그럴 리가 없지."

매일 쓰는 술값만 해도 수천 단위인 놈들이 돈 아낀다고 싼 변호사를 쓸 리가 없다.

당장 오황지의 배상금만 봐도, 550만 원이면 하루 치 수익도 안 된다.

"전면에 나서기는 부담스럽지만 그렇다고 모른 척할 수도 없고."

그럴 때는 어떤 방법을 써야 할까?

"뒤에서 전화만 넣어 주는 거구나."

"맞아. 물론 그건 공짜는 아니야."

변호사를 선임하는 비용은 550만 원이지만 이렇게 전화한 통 넣어 주는 것은 사건의 규모나 덮어야 하는 규모에 따라 결정된다.

"이 정도 되는 사건이면 못해도 5억 이상은 줘야 가능하겠지."

일단 가장 먼저 경찰이 마약 검사를 하는 것부터 막아야 하니까.

"그러니까 LX60라는 놈들이 태양을 일단 불렀는데, 태양이 전면에 나서서 움직이기 힘드니까 자신들과 무관한 단독 사무실을 가진 변호사를 방패로 내세운 다음 현금으로 돈을 챙겨서 사건을 무마한다?"

"정답이야."

노형진의 말에 서세영은 질린 얼굴이 되었다.

"어떻게든 불법적인 방법을 만든다는 소리는 들었지만 해도 해도 너무하네."

"사실 전관예우를 막는다는 것 자체가 불가능에 가까우니까."

근무했던 곳에서 아예 일을 못 하게 한다 한들 과연 해결책이 될까?

애석하게도 아니다.

다른 지역에서 일한다 해도 결국 다른 변호사들이 브로커 노릇을 할 테니까.

서울에서 근무하다가 부산으로 내려가도, 누군가에게 돈을 받고 서울에 전화해 주는 건 어려운 일이 아니다.

"후우…… 진짜 답이 없네. 그러면 이건 어떻게 해야 해? 그 전관이 누굴까?"

"아마도 검사일 거야. 아직 판사에게 전화할 타이밍은 아니거든."

판사가 배정되기는커녕 아직 법원으로 사건이 넘어가지도 않은 상황이다. 그러니 지금 변호사를 선임한다 해도 아무런 의미가 없다.

"남은 건 경찰 아니면 검사인데 말이지."

하지만 경찰은 전관의 대상이 아니다.

물론 경찰에 전관예우가 없다는 소리는 아니고, 전관예우를 위해 변호사를 부를 필요가 없다는 거다.

"이 시점에서 가장 효율적인 전관은 바로 검사 출신이지."

경찰에서 사건을 덮고 싶다면 검사와 밀접한 관련이 있을 수밖에 없다.

"그러면 누구인지 찾을 수 있어?"

"뻔한 거 아냐? 말했잖아, 돈이 있다고. 그러면 가장 강력한 전관을 쓰겠지. 그것도 태양에 있는 사람으로."

그러니까 정작 태양은 사건을 수임하지 못하는 거다. 그랬다가는 법적으로 문제가 될 테니까.

"근 1년 이내에 태양에 들어간 검사 중에서 상위직을 찾으면 되겠지."

그리고 그건 어려운 일이 아니었다.

⚖️

노형진의 예상대로 그자를 추적하는 것은 어려운 일이 아니었다.

"하춘동. 서울남부지방검찰청의 지검장이었어."

"그런데 태양으로 갔다고?"

노형진은 오광훈의 말에 고개를 갸웃했다.

"그 정도면 잘나가는 성장세의 로펌에서 모셔 갈 텐데?"

"그것도 너 때문이다."

"뭐? 나 때문이라고?"

"네가 검찰 내부 쓰레기들을 청소할 때 같이 쓸려 나간 인간이거든."

"아하!"

말이 좋아서 퇴직이지, 사실상 징계로 퇴직금까지 빼앗길 판이라 다급하게 사표를 내던지고 퇴직했다는 것.

"그런데 너도 알다시피 그 후에 대형 로펌에 들어가는 건 다른 문제야."

대형 로펌들이 고위직 퇴직 판검사들을 잘 받아 주는 편이긴 하지만 부정으로 인해 퇴직한 경우는 이야기가 다르다.

"그런 놈이 한둘이 아니잖아."

"그건 그렇지."

사실 이런 일이 워낙 빈번해서, 일단 사표를 낸 시점에서 과거의 범죄에 대해서는 덮어 두는 게 일반적이다.

로펌에 필요한 건 선량한 검사 출신의 정의로운 변호사가 아니라 전관예우라는 무기를 휘두를 수 있는 퇴직한 검사니까.

"그래서 더 비싸게 부른 것 같더라고."

"무슨 소리인지 알겠네."

이제 몰락하는 태양 입장에서 선택지는 두 개뿐이다.

하나는 천천히 몰락해 가는 자기들을 인정하고 받아들이는 것. 다른 하나는 반전을 꾀하는 것.

그리고 그 반전의 카드 중 하나가 바로 전관 출신의 강력한 검사나 판사를 데려오는 것이다.

돈은 좀 더 줘야 하겠지만 영향력을 끼칠 정도로 자기들이 아직 살아 있다는 걸 증명할 수 있어야 하니까.

"그와 관련해서 정보는 없어?"

"없지. 일단 나간 시점에서 검사들이랑은 관련이 없는 거니까. 공식적으로는 말이지."

"비공식적으로는?"

물론 변호사가 된 이상 옛날처럼 검찰청을 마음대로 뒤집고 다니지는 못할 거다.

"오황지 사건과 관련이 있기는 한 것 같아."

"그걸 어떻게 알아요, 아저씨?"

서세영의 질문에 오광훈은 입맛을 다시며 말했다.

"쩝. 그게 말이다, 나한테도 뭐가 연락이 왔어."

"연락?"

"그래. 내가 추적하고 있다는 게 LX60 측에 넘어간 모양이야."

"그런데?"

"나한테 그러더라고. 20억 줄 테니까 이쯤에서 그만하자고."

"노골적으로?"

"그래, 노골적으로. 물론 핸드폰은 대포폰이야. 추적도 불가능하고. 그쪽에서 전화하지 않을 때는 아예 꺼 두는 모양이야."

"대포폰 맞네."

대포폰은 쓸 때가 아니면 거의 대부분 꺼 둔다. 발신 지역을 추적하면 소지자의 위치를 특정할 수 있기 때문이다.

물론 그렇게 하지 않아도 저런 전화를 한 놈들이 LX60일 거라는 걸 추측하는 건 어려운 일이 아니었다.

"돈은?"

"만일 받아들인다면 퀵으로 보내 준대."

"받아들일 생각은 없지?"

"당연하지."

이번에는 분명 돈을 준다.

하지만 오광훈이 돈을 받는 걸 찍어 놨다가 다음부터 그걸 무기 삼아 오광훈을 지배하려 할 거다.

전생에 그런 일을 해 본 오광훈이 그런 걸 예상하지 못할 리가 없다.

사실 그게 아니고서야 굳이 LX60에서 먼저 신분을 드러내며 자신들을 추적하는 검사에게 연락할 이유도 없다.

"그나저나 그 하춘동이라는 인간이 관련되어 있다면 이야기가 복잡해지는 거 아니야?"

"아니야. 사실 여기서는 누가 끼어들어도 상관없어."

"어째서?"

"중요한 건 마약을 했다는 사실이거든. 도리어 하춘동은 몸을 사릴걸."

"어째서?"

"이게 사실이라면 변호사로서 자격이 정지될 만한 사건이니까."

전관예우라는 게 생각보다 오래 영향을 미치기는 하지만 그렇다고 그 영향력이 영원한 건 아니다.

보통 4년쯤 되면 파워가 슬슬 약해진다.

자리가 좀 높아도 5년밖에 안 된다.

왜냐하면 기본적으로 전관예우는 단어 자체의 의미와는 달리 진짜로 상대방을 존경하는 게 아니기 때문이다.

애초에 돈 받고 전화를 걸어 사건에 대해 감 놔라 배 놔라 하는 인간들이 존경스럽겠는가?

당연히 아니다.

그럼에도 소위 전관예우라는 이름으로 상대방을 압박할 수 있는 건 그가 진짜 존경스러워서가 아니라 그가 더 높은 곳에 전화해서 자신을 조져 버릴 수 있기 때문이다.

인사고과를 담당하는 동기나 후배에게 전화를 걸어서 '저 새끼 마음에 안 들어! 조져!'라고 한마디만 하면 얄짤 없이 옷 벗고 나가야 하기에 잘 보이려 할 수밖에 없다.

"하지만 이게 4년쯤 되면 상황이 좀 바뀌거든."

아래에 있던 사람들이 충분히 높은 자리에 올라 자리를 잡으면서 4년 전에 나간 인간의 파워 따위는 슬슬 신경 쓰지 않아도 되는 시점이다.

그러면 동기라든가, 아니면 선배 같은 인간은?

당연하게도 그들은 개인적인 관계는 거부하지 않지만 그렇다고 4년 전에 나간 사람을 무리해서 편들어 주지도 않는다.

왜냐, 그래 봤자 자기에게 생기는 게 없으니까.

물론 퇴직한 뒤에 그들의 소개로 좋은 로펌에 갈 수도 있겠지만 사실 그쯤 되면 굳이 소개받지 않아도 로펌들이 서로 모셔 가겠다며 5만 원짜리를 꼭꼭 채운 서류 가방을 들고 문 앞에서 줄 서서 기다린다.

4년쯤 지나면 소위 말하는 연 끊어진 상태가 되는 것이다.

"그리고 매년 많은 판사와 검사가 나가서 자리를 잡으려고 하지. 그러면 그 파워 게임에서 누가 더 유리하겠어?"

"……그렇구나."

"응. 그래서 부장검사나 부장판사쯤이면 3년, 지검장쯤이면 5년이면 파워가 완전히 사라진다고 봐야 해."

그런데 이 일이 터진다면?

노형진과 새론의 힘으로 충분히 5년간은 변호사 자격을 정지시킬 수 있다.

물론 사람을 때려죽여도 취소되지 않는 변호사 자격의 특성상 아예 업계에서 퇴출시키는 건 불가능하겠지만 말이다.

"하지만 5년 후에 파워가 다 죽은 상태로 돈도 한 푼 없이 변호사 사무실을 오픈하는 사람을 과연 누가 써 주겠어?"

대형 로펌? 관심도 주지 않을 거다.

더군다나 그 과정에서 새론, 노형진과 척졌다는 소문이라도 돈다? 어느 로펌에서도, 절대로 받아 주지 않을 거다.

결국 그들은 5년 후에 개인 사무실이나 열어서 근근이 먹고사는 수밖에 없다.

"그러면 다시 전관을 쓰는 건 힘들다는 거지?"

"응."

전관을 써서 사건을 덮으려고 할수록 그 힘이 소비되는 형태가 될 테니까.

막말로 하춘동이 부하에게 전화해서 '새론이랑 목숨 걸고 싸워 봐라.'라고 말하면 과연 부하가 싸워 줄까?

"더군다나 하춘동인가 하는 그 사람은 뭐, 우리랑 싸워 봤다며?"

그런데 노형진은 하춘동이라는 이름을 알지도 못한다?

그 말인즉슨, 직접 싸운 것도 아니고 그저 내부 권력투쟁 중에 노형진이 쏴 버린 탄환의 유탄에 맞아서 나가떨어졌다는 소리다.

"네가 직접 노렸으면 퇴직이 아니라 교도소에 있겠지."

"하긴, 그렇겠네."

직접 공격당한 것도 아니고 유탄에 제대로 대응도 못해서 맞고 나가떨어진 놈이 부하들에게 전화해서 '새론과 목숨 걸고 싸우라.'라고 한들 누가 그 말을 들어주겠는가?

"더군다나 전관예우가 그렇게 은밀하게 바뀐 건 단순히 법이 있기 때문은 아니거든."

과거에 전관예우는 당연한 것이었다.

도리어 전관을 쓸 수 있는데 못 써먹는 가난뱅이들이 병신이라고 낄낄거리는 사람들도 있다.

"인터넷이 모두에게 제공한 혜택 중 하나가 바로 문제를 제기할 수 있는 기회지."

그게 이슈가 될지 안 될지는 모르지만 만약 이슈가 된다면 상당히 시끄러울 수밖에 없다.

"그런데 새론은 그쪽으로는 도가 텄거든."

당연히 그걸 하춘동이라는 놈도 알 거다. 그러니 절대로 자신의 존재가 드러나지 않게 하려고 발악할 거다.

"그러니까 그쪽은 이제 신경 쓰지 않아도 될 거야."

"그럼 태양 쪽은?"

"그쪽은 내가 알아서 할게. 다만 네가 LX60 놈들을 좀 조져 놔야 하는데……. 아마 그 하춘동이라는 놈이 같이 막고 있겠지?"

"그렇겠지."

전혀 모르는 사람에게 갑자기 '이것 좀 덮어 주세요.'라고 하는 것보다는 기존에 거래하던 놈에게 일을 주는 게 더 쉽게 이야기가 진행되니까.

"그러면 일단 이 문제부터 시작하자."

"무슨 문제? 하춘동?"

"아니, 태양. 하춘동이 꼬리를 말기 시작하면 분명히 태양은 새로운 사람을 구하려고 할 거야."

그렇게 되도록 방치하다가 그때 가서 새로 등장하는 누군가를 또 막느니, 그 전에 미리 경고를 해 두면 누구도 사건을 받지 않으려고 할 거다.

"언론에 제보하려고?"

"아니, 제보 안 해."

"그러면?"

"검찰은 이미 양자택일을 해야 하는 상황이야. 그러면 뭐라고 하겠어?"

노형진은 씩 하고 웃었다.

"검찰은 언제나 경찰을 조지고 싶어 하지. 언제나 말이야, 후후후."

노형진은 지난번 재판에서 검찰에게 무리한 기소의 원인을 물었다.

그건 그냥 물어본 게 아니었다. 그 자리에는 언론계도 참석하고 있었기 때문이다.

당연히 기자들은 그걸 기사화했고, 질문이 나온 이상 검찰에서는 어떤 식으로라도 대답을 해 줘야 한다.

물론 전이라면 무시하고 계속 모른 척해도 문제 될 게 없었을 것이다.

하지만 그들은 안다, 노형진이 한번 이 방향으로 물어뜯기 시작하면 절대로 덮지 못한다는 걸.

그렇다면 차라리 일이 커지기 전에 다른 먹잇감을 던져 주는 게 효율적이었다.

"왜 무리하게 기소를 강행하신 겁니까?"

재판이 시작되자 노형진은 바로 질문을 던졌다.

지난 재판에서 이미 국민을 보호하기 위해서는 총을 쏘는 게 합법이라고 말한 이상 검찰로서는 이게 무리한 기소라는 걸 부정할 만한 증거가 없었다.

당장 애를 죽이겠다고 눈이 벌게져서 달려드는 놈에게 '선생님, 하지 마세요.'라고 말해 봤자 들어 처먹을 리도 없을뿐더러 그런 식으로 행동하면 경찰이 아무것도 안 하고 사람이 눈앞에서 죽는 걸 진짜로 구경만 했다고 욕을 바가지로 먹을 테니까.

'그리고 검찰에는 기소권이 있지.'

경찰이 기소 의견으로 송치한다고 해서 검찰이 무조건 다

기소하는 건 아니다.

그럼에도 불구하고 기소할 수밖에 없었던 이유를 만들어 내야 한다.

그러면 사실상 답은 정해져 있었다.

"저희는 규정에 따른 것뿐입니다. 경찰에서 제공한 기소 내용은 충분히 납득할 만한 상황이었습니다. 보다시피……."

미리 준비한 서류들을 내보이면서 검사는 필사적으로 책임에서 벗어나려고 노력했다.

"피고인은 그날 단순 주취 난동 중인 피해자에게 총격을 가하여 허벅지에 전치 4주에 해당하는 상해를 입혔고, 이는 명백하게 업무상 과실치상에 들어갑니다."

"그렇습니까?"

슬쩍 다시 한번 백도성에게 책임을 뒤집어씌우려고 하는 검사.

"재판장님, 을제4를 확인하여 주시기 바랍니다. 그 당시 해당 사건에 같이 파견되었던, 백업을 하던 다른 경찰의 무전 내용입니다. 이미 서면으로 제출하였으나 편의를 위해 내용을 다시 한번 틀어 드려도 되겠습니까?"

"네, 진행하세요."

"감사합니다, 재판장님."

노형진은 미리 준비한 녹음 파일을 작동시켰다. 그러자 작은 스피커에서 무전 내용이 흘러나왔다.

－본부, 여기 위험하다. 다른 피해자들이 아직 있다. 총기 사용을 허락해 달라.

－불허합니다. 아무런 피해도 없이 제압하세요.

－본부, 다시 한번 말한다. 여기 인질이 있다.

－불허합니다. 총기 사용 금지합니다. 총기 사용은 무조건 금지입니다.

－이 새끼야! 지금 스턴 건도 안 먹히는데 어쩌라는 거야!

－총기 사용 불허합니다. 다시 말합니다. 어떤 경우에도 총기를 사용해서는 안 됩니다.

－여기 인질이 있다고, 이 개 같은 본부 새끼들아!

－인질은 무시하세요! 인질이 실질적인 위협에 처하기 전에는 절대로 총기 사용은 안 됩니다. 상부의 명령……

그 순간 울리는 아이의 울음소리. 그리고 연이어 들리는 총소리.

탕! 단 한 발의 총소리가 들렸고 이내 무전기가 소란스러워졌다.

－34호 차량, 응답하세요. 총기 사용하지 말라고 했잖아요! 34호 출동차! 총기 사용 금지! 인질이 위험하지 않으면 절대로 사용하지 말라고요!

－이미 사용했다. 애가 위험했다고!

－34호 차량, 대기하세요. 구급차를 보내겠습니다.

짧은 무전 기록이었다. 그러나 사건 당시의 긴박감이 생생하게 전달되고 있었다.

"보시다시피 현장에서는 이 사건을 단순 주취 난동이 아닌 인질극으로 인식하고 있었습니다. 실제로 피해자라 주장하는 오황지는 술에 취해서 아이를 죽일 수도 있는 상황이었습니다. 아이가 시끄럽게 울자 아가리를 찢어 버리겠다고 칼을 들고 다가가려 했으니까요."

"음……."

그 말에 판사는 곤혹스러운 얼굴이 되었다.

그리고 그 녹음 파일을 같이 들은 검사 역시 곤란한 표정을 지었다.

'그렇겠지.'

이 녹음 파일은 갑제가 아니라 을제로 제출되었다. 즉, 검사가 아니라 변호사가 제출했다는 거다.

형사법에 따르면 검사는 피고인에게 유리할 수 있는 증거를 절대로 감춰서는 안 된다. 그런데 제출이 누락된 것이다.

그렇다면 왜 누락되었을까?

"검찰 측, 이게 왜 제출되지 않은 겁니까? 이 정도 자료는 제출해야 하지 않습니까?"

아무리 서류를 잘 꾸미고 잘 정리해도 결국 서류는 서류일 뿐이다.

이번 사건처럼 누구 하나 담가 버리겠다고 작심하면 조작하는 건 일도 아니다.

'서류만으로 모든 걸 완벽하게 해결할 수 있다면 아마 중국의 반도체가 전 세계를 지배하고 있겠지.'

하지만 중국이 반도체 굴기를 위해 투자한 엄청난 돈은, 서류만 완벽했을 뿐 공장조차 없는 이상한 곳으로 흘러들어가 모조리 사라졌다.

"재판장님, 저희는 경찰에게서 해당 자료를 넘겨받지 못했습니다."

'역시 그랬나?'

이런 핵심 증거가 법원에 제출되지 않았다면 그 이유는 두 가지다.

첫 번째, 검찰에서 증거를 넘겨받고도 자신들의 실적을 위해 의도적으로 감춘 경우.

실제로 제법 흔하게 일어나는 일로, 명백히 불법이지만 처벌은커녕 징계도 제대로 이뤄지지 않기에 상황에 따라서는 알음알음 증거 자체를 폐기하는 경우도 많다.

그리고 두 번째는 바로 경찰에서 아예 자료를 제공하지 않는 것.

검사에게 기소권이 있다지만 기본적으로 기소의 결정은 경찰에서 한 수사 자료를 기반으로 판단한다.

그랬기에 경찰에서도 적당히 수사 자료만 조작하면 누군가에게 죄를 뒤집어씌우는 것이 불가능하지 않고, 실제로도 몇 번이나 행해졌다.

물론 그걸 검사하고 이상하면 재수사를 명령해서 진실을 알아내야 하는 것이 검찰의 주요 업무 중 하나지만, 애초에 경찰에 엿 먹일 수 있다는 점에 마음이 쏠려 있으니 검찰에서 재수사를 지시할 리가 없지 않은가?

"그러면 검찰 측은 이번 사건의 피해자 오황지가 전과 6범이라는 사실을 알기는 합니까?"

"알고 있습니다만 피해자에게 범죄 이력이 있다는 것이 사건에 영향을 주지는 못합니다."

"물론 그렇죠."

법을 지키지 않은 범죄자라고 해서 법의 보호를 받지 못하는 존재가 되는 것은 아니다.

아무리 나쁜 짓을 했을지라도 법적으로 보호받을 권리가 박탈되는 건 아니니까.

"하지만 범죄자로서 다른 범죄를 저지를 가능성이 있다는 것 역시 무시 못 합니다."

"다른 범죄? 여기에 오황지가 다른 범죄를 저지를 가능성이 뭐가 있단 말입니까? 그는 다리에 총을 맞은 피해자입니다."

"물론 그렇지요. 그렇기에 더더욱 이 질문을 드리지 않을 수가 없군요. 검사님은 피해자 오황지가 LX60라는, 서울 시내 모 폭력 조직의 조직원이라는 사실을 아십니까?"

그러자 검사가 눈에 띄게 당황하는 게 보였다.

'진짜 몰랐나 보네.'

어느 정도 예상하기는 했다.

오황지의 정체를 알았다면 이렇게 일방적으로 피해자 프레임을 뒤집어씌우지는 못했을 테니까.

'검사가 범죄 조직에 대해 다 아는 건 아니니까.'

그런 피해자의 정보에 LX60 소속 폭력 조직원이라고 써서 보내면 어떻게 될까?

거의 100% 검사는 사건에 대한 재수사를 요청할 거다.

아무리 경찰과 검찰이 사이가 좋지 않아 서로를 엿 먹이기 위해 기회만 엿보고 있다 해도 그들의 궁극적인 임무 중 하나는 폭력 조직의 소탕이니까.

당연히 정치적으로 견제하는 세력과 아예 박멸해야 하는 세력에 대한 대우는 완전히 다를 수밖에 없다.

"모르셨나 보군요."

당황해서 어버버거리는 검사를 보면서 노형진은 속으로 웃으면서 진실 안에 약간의 거짓을 섞었다.

"해당 조직은 검찰 내부에서 인지 수사 형태로 추적 중인 조직입니다. 마약과 리딩방 사기 그리고 뇌물 공여죄로 말입니다."

그 말에 판사는 당황한 표정으로 검사를 바라보았다.

뇌물 공여죄가 죄목에 포함되어 있었기 때문이다.

마약과 리딩방 사기로 다른 검사가 추적하는 건 모를 수 있다. 인지 수사라면 보통 어느 정도 기밀이니까.

그러나 뇌물 공여죄는, 누군가 받아먹은 사람이 있다는 뜻이다.

그리고 마침 판사의 눈앞에는 필사적으로 경찰에게 죄를 뒤집어씌우려고 하는 검사가 있었다.

"판사님, 오해이십니다."

검사는 그 의심스러운 눈빛을 마주하자마자 바로 상황을 알아채고 단호하게 부정했다.

'그러겠지.'

아마도 저 검사는 아무것도 모를 거다.

그저 규정대로 넘어온 서류를 처리하면서 엿 한번 먹이고 싶었던 것이리라.

'내가 그래서 뇌물 공여죄의 객체를 말하지 않은 거지.'

LX60 같은 조직이 뇌물을 안 주고 버틸 수는 없다. 다만 누구에게 줬는지는 모를 일이다.

경찰 상부에 줬을 가능성이 매우 높지만 오황지가 그게 누구인지 콕 집어 말하지 않는 이상 검찰, 더 나아가 이 사건의 검사에게 줬을 가능성 역시 무시하지 못한다.

그걸 알기에 검사는 당황할 수밖에 없었다.

"검사 측, 추가적인 자료를 제출할 게 있습니까?"

"재판장님……."

조금 전까지와는 다르게 검사의 눈에서는 은은한 분노가 흐르고 있었다.

자기가 경찰에 엿을 먹이는 거라 생각했는데 알고 보니 자신이 경찰에 의해 엿을 먹은 상황이었으니까.

　"기일 변경을 요청하겠습니다. 해당 사건에 대한 추가적인 조사가 필요할 것으로 보입니다."

　그 말에 판사는 고개를 끄덕거렸다.

　"인정합니다. 그러면 추후 기일은 별도로 지정하도록 하겠습니다."

　"감사합니다."

　그렇게 말하는 검사의 눈에서는 광기가 번뜩이고 있었다.

⚖️

　"야, 경찰서가 발칵 뒤집혔던데?"

　오광훈은 싱글벙글 웃었다.

　"검찰에서 조지려고 달려들었나 보지?"

　"그래. 이번 사건과 관련해서 아예 자기들이 수사할 모양이더라."

　"당연한 거지. 그렇게나 당했으니까."

　그 말에 서세영은 어이가 없어 하며 노형진을 바라보았다.

　"나는 지금 상황이 이해가 안 가거든? 도대체 왜 일이 이렇게 된 거야?"

　그 말에 노형진은 피식 웃었다.

"내가 말했지? 검찰은 사건이 들어오면 경찰 얼굴에 똥칠하려고 무조건 기소할 거라고."

"그랬지."

"그런데 그게 사실 자기들을 도구로 삼은 거라면 검찰의 기분이 어떻겠어? 심지어 경찰이 자기네 얼굴에도 똥칠하면서 자기들은 깨끗한 척하는 거라면 어떤 기분이겠어?"

"어어? 아하!"

당연히 복수심에 활활 불탈 거다.

"맞다. 선택지가 두 개라고 했지?"

하나는 경찰의 사건 자체를 뒤집어서 경찰 얼굴에 똥칠하기, 다른 하나는 백도성을 이용해서 경찰 얼굴에 똥칠하기.

그중 편한 게 후자였기에 검찰은 후자를 선택한 거다.

"그러면 오빠는 그 방향을 전자로 바꾼 거네?"

"맞아. 사실 백도성 씨의 무죄를 이끌어 내는 건 어려운 일이 아니지만 그렇다고 검찰에서 포기할 리도 없거든."

아마도 2심에서 어떻게 무죄가 나와도 3심까지 끌고 가고, 다시 파기환송 받아서 백도성에게 죄를 만들어서라도 뒤집어씌우고 싶을 거다.

왜냐, 그는 경찰이니까.

"하지만 이제는 표적이 바뀌었지."

물론 백도성에 대한 기소가 취하되지는 않을 거다. 당분간은 말이다.

그러나 현실적으로 검찰에서 선택할 수 있는 더 먹음직스러운 카드가 생겼다.

경찰이 뇌물을 받고, 폭력 조직을 대신해서 정의로운 경찰에게 보복을 해 줬다.

"그 결과가 나오는 순간 기소는 취소되는 거지."

대신에 경찰 상부 자체가 표적이 되어서 미친 듯이 갈려 나갈 거다.

"나는 그냥 재판에서 이기는 것만 생각했는데."

"이기는 거야 쉽다니까. 하지만 그게 끝이 아니니까 그러는 거잖아. 솔직히 이긴다고 쳐. 그런데 경찰 상부가 멀쩡하면 이후에 보복이 안 들어오겠어?"

당연히 들어올 거다.

"그리고 전에도 말했다시피 그 시점에서 손해배상을 줄일 수는 있겠지만 그렇다고 아예 내지 않는 건 아니거든."

"오빠는 땡전 한 푼 줄 생각이 없었구나?"

"당연한 거 아냐?"

범죄자들이 뭐가 예쁘다고 돈을 준단 말인가?

"일단 백도성 씨의 형사사건은 검찰에서 알아서 경찰을 조져서 해결할 테니 기다리면 될 일이고."

노형진과 서세영의 대화를 옆에서 듣고 있던 오광훈이 불쑥 입을 열었다.

"그나저나 뇌물 공여라니, 나는 그거 수사 안 하고 있는데."

"너만 안 하는 거지, 검찰이 안 하겠냐?"

"하긴."

자기들이 뇌물을 받지 않았다는 걸 증명하기 위해서라도 뇌물 공여죄에 대한 수사는 해야 한다. 그리고 그 대상은 당연히 경찰일 것이다.

"이제 남은 건 태양과 하춘동의 손발을 묶는 거네. 그런데 그게 쉽겠어?"

"맞아요. 오빠, 그렇게 쉽게 포기할까?"

"포기하지."

"어째서요?"

"잊고 있었어?"

노형진은 어이가 없다는 듯 피식 웃으며 말했다.

"법무 법인 태양과 하춘동 변호사는 이 사건을 담당한 적이 없어."

"그랬지?"

"그런데 내가 담당하지도 않는 사건에 개입한 것을 캐기 시작하면 어떻게 행동하겠어?"

"어?"

"아하!"

당연히 어떻게든 그걸 감추려고 할 거다.

왜냐, 그건 변호사 사회에서 엄청난 위법 사실이기 때문이다.

물론 그런 짓을 한다고 변호사 자격이 정지되거나 취소되지는 않지만 그 자체가 창피한 일이다.

"음지의 일은 음지에서 해결해야 하는 법이지."

그리고 음지에서 일하던 놈들은 양지로 끌려 나오지 않기 위해 발악하기 마련이다.

"그러니까 너는 당당하게 찾아가면 되는 거야, 후후후."

노형진은 오광훈의 어깨를 툭 치면서 말했다.

"어허, 나는 모른다니까 그러네!"

아무리 법무 법인 태양이 나름 잘나가는 곳이라지만 현직 검사의 방문을 막을 수는 없다.

심지어 갑자기 들이닥친 것도 아니고 이틀 전에 일정까지 확인하고 찾아오겠다는 검사를 피하는 것은 그 자체로 도리어 의심받는 행위이기에 하춘동은 결국 검사의 방문을 받아들일 수밖에 없었다.

그리고 검사와 마주한 하춘동은 심장이 내려앉을 뻔했다.

"진짜로 LX60라는 조직과 오황지라는 조직원에 대해 모르십니까?"

오광훈이 찾아와서는 다짜고짜 하춘동에게 바로 핵폭탄을 던졌기 때문이다.

"나는 몰라!"

"그래요? 하지만 제가 가진 정보에 따르면 그들을 보호하기 위해 상당히 힘쓰셨다고 하던데."

"도대체 어디서 말도 안 되는 소리를 하는 겐가? 나 하춘동이야! 하춘동! 서울남부지방검찰청장 출신! 그런데 어디 그런 근본도 없는 생양아치 새끼들이랑 엮어!"

"그 말은 LX60 자체는 알고 계신다는 의미군요."

그 말에 순간 하춘동은 찔끔했다.

그러나 그는 닳고 닳은 검사 출신. 이 정도 실수에 흔들리지 않았다.

"알고는 있네. 후배 검사들이 그놈들 때문에 머리 아파하더군. 리딩방인지 뭔지를 운영한다면서?"

"아? 다른 분이 혹시 인지 수사 중이셨나요? 혹시 누군지 알 수 있을까요? 같이 추적하면 좋을 것 같은데요."

"미안한데 그건 말 못 해. 검사의 인지 수사는 비밀 영역이야."

"하긴, 그렇죠."

오광훈은 하춘동의 말에 고개를 끄덕거렸다.

"일단 그러면 혹시나 그분에게 제 이야기를 전해 주실 수 있을까요? 같이 수사할 의사가 있으시다면 도움이 될 것 같아서요."

"그거야…… 물어는 보겠네."

먼저 정보를 흘리는 건 안 되지만 정보를 전달해 달라는 요청도 무조건 거부할 수는 없는 노릇. 하춘동은 떨떠름한 얼굴로 그렇게 말했다.

"그러면 진짜로 LX60와 오황지에 대해서는 모르신다는 거죠?"

"몇 번이나 말해야겠나, 이 사람아. 나는 모른다니까. 애초에 나한테 들어온 사건도 아니야."

"하긴, 태양에서 간 건 맞지만 그날 오신 분도 아니고 태양에서 사건을 수임한 것도 아니니까."

오광훈은 이해한다는 듯 자리에서 일어났다.

"일단은 조심해 주세요, 선배님. 요즘 선배님 이름을 파는 새끼들이 많은 모양이니까."

"알겠네."

"그럼 들어가 보겠습니다."

오광훈은 취조가 아닌 후배 자격으로 간단한 질문만 하러 온 것이기에 그냥 인사만 하고 그곳을 떠났다.

그러나 남아 있는 하춘동은 수십 분 동안 찬물을 마시면서 떨리는 심장을 진정시켜야 했다.

그리고 한참이 지나서야 자리에서 벌떡 일어나 밖에 있는 직원에게 소리 질렀다.

"야! 그 새끼 갔어?"

"네? 누구…….."

"아까 그 검사 새끼 말이야!"

"잠시만······."

직원은 다급하게 어디론가 전화해 보더니 이내 바로 대답했다.

"네, 자기 차량을 타고 주차장에서 출차하는 걸 확인했답니다."

"개 같은 새끼. 지금 손하균 대표 있지? 확인해 봐. 아니다. 나 거기에 좀 올라가야겠어."

"자······ 잠시만요. 연락을······."

하지만 하춘동은 대답도 듣지 않고 성큼성큼 걸어서 손하균의 사무실로 향했고, 그 모습을 본 직원은 다급하게 전화기를 들고는 손하균의 사무실로 연락을 시도했다.

덕분에 아슬아슬하게 손하균의 비서가 하춘동을 맞이할 수 있었다.

"손하균 대표, 안에 있지?"

"네, 기다리고 계십니다. 들어오십시오."

그 말에 주저하지 않고 안으로 들어간 하춘동은 앉으라는 말도 듣지 않았는데 그대로 소파에 털썩 주저앉았다.

"무슨 일이십니까?"

자신의 자리에서 서류를 보던 손하균은 그 모습을 보면서 눈을 찡그렸다.

"손 대표, 이건 이야기가 다르잖아."

"무슨 말씀이신지?"

"방금 오광훈 그 새끼가 왔다 갔어."

"네, 오늘 온다는 이야기는 들었습니다."

"그 새끼가 LX60에 대해 묻던데. 나한테 불똥 안 튀게 해 준다고 하지 않았어?"

그 말에 손하균은 눈을 찡그렸다. 예상하지 못한 말이었으니까.

"무슨 말씀이십니까? 오광훈이 그러던가요?"

"오광훈만이 아니야. 지금 검찰에서 경찰 조진다고 들쑤시고 있단 말이야."

"검찰에서 말입니까?"

"그래. 경찰 측하고는 이야기가 끝났다며!"

"확실히 그렇습니다만."

확실히 경찰 측과는 이야기가 정리된 상황이었다.

'이러면 곤란한데.'

몰락하고 있는 태양이다. 과거에 비해 힘이 빠지면서 주요 사건이 모조리 다른 곳으로 가고 있었다.

그리고 이건 법조계에서 상당히 곤란한 상황이었다.

'새론과 우리는 방향이 다르단 말이지.'

법조계는 사실상 승자 독식의 구조다.

정확하게는, 돈이 되는 큰 사건들은 정치적 파워가 있고 로비를 할 수 있는 로펌으로 쏠리는 경향이 있다.

새론의 경우는 대놓고 친서민 전략을 밀고 있어서 큰 사건

보다는 막대한 수의 사건을 기계적으로 처리함으로써 규모를 유지하고 있지만, 태양 같은 곳은 그렇지 않다.

막대한 로비와 뇌물을 통해 사건을 컨트롤하고 그렇게 함으로써 승리를 거머쥐는 것이 바로 태양이다.

그런데 그게 홍안수 사태로 인해 모조리 날아가면서 태양은 걷잡을 수 없이 무너지고 있다.

'젠장, 노형진만 아니었으면.'

재기를 시도하지 않은 건 아니었다. 하지만 그때마다 간신히 잡은 선을 노형진이 매번 날려 버리기를 반복했다.

물론 노형진이 태양을 노리고 날린 것은 아니었다. 그저 부패한 판검사를 날릴 때마다 태양과 연관되어 있었을 뿐.

당연하다. 돈이나 접대를 받고 사건을 조작하는 놈들이 멀쩡한 놈들은 아니니까.

당연하게도 그 결과 태양은 돈은 돈대로 쓰면서 권력은 급속도로 쪼그라들고 있었다.

하춘동만 봐도 그렇다.

이전 같았으면 하춘동은 태양에 들어올 급이 아니었다.

사실 서울남부지방검찰청 지검장의 힘이 약한 건 아니지만 정재계의 주요 사건을 담당할 정도의 급은 아니니까.

그러나 이제는 쪼그라들 만큼 쪼그라들어서 고위직은 오지 않으려고 하는 상황이었고, 하춘동마저도 간신히 잡는 수준이 되어 버렸다.

'그런 놈이.'

그래도 나름 하춘동은 쓸 만했다. LX60 같은 돈주머니를 보호할 수 있는 힘은 있으니까.

그리고 LX60는 리딩방을 통해 막대한 사기를 쳐서 그 수익 중 일부를 뇌물로 돌려 조금씩 세력을 키우고 있었다.

당연히 브로커로 활동하는 태양의 영향력도 조금씩 늘어나고 있었다.

'그런데 이번에 또.'

노형진에 관련된 소식은 계속 듣고 있었다.

백도성이라는 놈의 의뢰를 받아들였다는 걸 듣고 불안하기는 했지만 설마하니 자신들과 엮일 줄은 몰랐다.

"어쩔 거야! 어? 내가 그 쓰레기 때문에 인생이 꼬여야겠어?"

손하균이 침묵을 지키자 화를 내는 하춘동.

"아닙니다, 하 변호사님. 적당히 손절할 때가 된 것 같군요."

"그 새끼들이 더 이상 내 주변에 알짱거리지 않게, 확실하게 선 그어. 또다시 검찰에서 찾아오는 거 싫어. 무슨 소리인지 알지?"

"네, 하 변호사님."

하춘동은 검찰에서 자신을 찾아오는 게 싫었다. 자신이 검사였지만 그렇기에 더더욱 싫었다.

누군가에게 청탁을 한다는 것은 원해서든 원하지 않든 부탁을 하는 행위다.

얼마 전까지만 해도 지시하던 대상에게 부탁하는 것은 자존심이 상하는 일이다.

그랬기에 그는 돈만 아니라면 이 짓거리도 하고 싶지 않았다.

그런데 검사가 찾아와서 수사 운운하는 꼴을 보니 더더욱 배알이 뒤틀렸다.

"그 새끼 이야기는 내가 더 이상 듣기 싫으니까 알아서 하라고 해."

하춘동은 손하균에게 단호하게 선을 긋고 그의 사무실에서 나갔다.

손하균은 눈을 찡그렸다.

"이거, 아무래도 이야기를 해 봐야겠군."

그는 전화기를 들어서 비서에게 전화했다.

"임원들 다 불러."

노형진이 연관된 이상 무시할 수는 없는 일이었다.

"그래서, 다들 어떻게 생각하나?"

"방법은 하나뿐입니다. 노형진이 연관된 이상 무조건 선을 그어야 합니다."

"정보 나온 거 있나?"

"노형진이 아주 계획적으로, 검찰을 이용해서 경찰의 얼굴에 먹칠을 했습니다."

재판 과정에서 슬쩍 책임 소재를 확인하자 검찰에서는 책임을 피하기 위해 경찰에게 책임을 돌렸는데, 그 시점에서 노형진이 자연스럽게 뇌물 공여 혐의를 꺼내 드는 바람에 검찰에서 뇌물 공여에 대해 조사하지 않을 수가 없게 만든 것.

"그래서, 그 조사하는 검사 놈이 누구야?"

"오광훈 검사입니다."

"끄응, 그 새끼는 컨트롤도 안 되는데."

다른 사람이라면 뇌물을 주든 위에서 찍어 누르든 어떻게든 통제할 수 있지만 스타 검사들은 아니다.

도리어 그런 경우 그걸 핑계 삼아 이쪽을 털어먹으려고 하기 때문에 어떻게 수작질을 할 수가 없었다.

"현시점에서 최선은 우리가 일단 물러나는 겁니다."

"하지만 그러면 LX60에서 나오는 돈이 문제가 된단 말이지. 다들 알 텐데? 그 돈은 적지 않아. 그 돈이 없으면 추후 뇌물을 주고 세력을 확장하는 데 문제가 많이 생길 정도라고."

손하균의 말에 다들 놀란 표정을 지었다. 개중에는 웅성거리는 이들도 있었다.

"뭔가? 왜 그래?"

그 모습을 보면서 손하균이 짜증스럽게 말했다.

"내 말이 틀렸어?"

"그게……."

"양 이사, 제대로 말 안 해? 지금 뭐 하자는 짓거리야?"

손하균이 분노한 얼굴로 다그치자 모두가 양 이사를 바라보았다.

양 이사는 태양에서 손하균의 총애를 가장 많이 받는 사람이었다. 태양의 시작을 같이한 사람이며 힘들고 어려운 시점에도 꾸준히 함께해 온 사람이다.

누군가 바른말을 해야 하는 상황이라면 그걸 할 수 있는 건 그밖에 없다는 걸 다들 알고 있었다.

그래서 모두의 시선이 그에게 쏠린 것이다.

"후우~."

시선이 집중된 것을 느낀 양 이사는 잠시 심호흡을 했다. 그리고 말했다.

"다들 나가."

"양 이사, 지금 회의 중이야! 대체 뭐 하자는 거야!"

"개인적으로 말씀드리겠습니다."

양 이사는 평소와 다르게 손하균의 말을 무시하고는 자리에 모인 임원들에게 화를 냈다.

"다들 나가라고! 내 말 안 들려?"

그 말에 우물쭈물하던 다른 임원들이 나갔고, 양 이사는 문을 꽉 닫았다.

그 모습을 보면서 손하균은 이를 악물었다.

"양 이사, 지금 반역하는 건가?"

"형님, 제가 형님한테 반기를 들 사람처럼 보입니까?"

양 이사는 방금 전과는 달리 걱정스러운 얼굴로 다가왔다.

"그러면 이 상황은 뭐지?"

"형님."

형님이라 부르는 양 이사의 모습에 손하균은 기분이 이상해졌다.

수십 년을 호형호제하며 살았지만 양 이사는 회사에서는 절대로 그를 형이라 부르지 않았기 때문이다.

공과 사를 철저하게 구분할 줄 아는 사람이기에 믿고 함께 한 게 바로 양 이사였다. 그랬기에 손하균은 도리어 이번에 꺼낼 이야기가 심각하다는 걸 느낄 수 있었다.

"그래, 동생. 하고 싶은 말이 뭐야?"

대표가 아닌 형으로서 이야기를 들어 주겠다는 그 말에 양 이사는 힘겹게 입을 열었다.

"형님…… 최근에 판단력이 떨어지셨습니다."

"내가? 하? 내가? 진짜로 지금 나한테 반기라도 들겠다는 거야?"

"진정하세요, 형님. 반기라니요. 저는 형님이 여기서 사표 쓰고 나가라고 하면 나갈 겁니다."

"그런데 무슨 소리를 하는 거야!"

"상대방은 노형진입니다."

"그래서?"

"LX60를 그 노형진이 살려 두겠습니까?"

"뭐?"

"LX60는 끝났다는 겁니다. 그간 노형진의 방식을 보면, 그놈들은 못 버팁니다."

"당연히 우리가 지켜야지. 그래야 자금원을……."

"새론 그리고 마이스터와의 전면전을 우리가 감당할 수 있다고 생각하십니까?"

"그거야 해 보지 않으면……."

"형님! 다시 한번 생각해 보세요. 우리가 마이스터를 이길 수 있습니까?"

"……."

그 말에 손하균은 흥분을 가라앉히고 한참을 생각했다. 그러다 눈을 꿈틀거렸다.

"불가능하겠지. 하지만 노형진이 마이스터를 이용한다는 증거는 없잖아?"

"그게 중요한 게 아닙니다. LX60는 범죄자들입니다. 그들이 공격당한다면 그들과 관련된 모든 곳이 공격당할 겁니다. 그리고 그건 우리도 마찬가지고요."

"그래서?"

"전이라면 어떻게 하셨을 것 같습니까?"

"전이라면?"

"네, 전이라면 말입니다. 그놈들에게 무슨 가치가 있습니까?"

"그거야……."

가치가 없다. 빨아먹을 만큼 빨아먹었고, 이제 슬슬 위험해질 테니 버리면 그만이었다.

"하지만 우리 상황이……."

"우리, 태양입니다."

비록 LX60으로부터 돈을 받고 있기는 하지만 이리저리 노력해 본다면 충분히 메꾸거나 대체할 수 있는 수준이다.

그런데 왜 조직 전체가 걸릴 위험성이 있는데 LX60를 지키기 위해 싸운단 말인가?

"제가 아는 형님이라면 가차 없이 끊었을 겁니다. 채림이랑도 연 끊었던 형님 아니십니까? 그런데 왜 LX60에 집착하십니까?"

그 말에 손하균은 충격을 받을 수밖에 없다.

자기에게 도움이 안 된다고 생각되자 딸인 손채림과도 연을 끊었던 게 자신이다.

그런데 고작 범죄 조직이 뭐라고 거기에 집착한단 말인가?

"도움이 되니까……."

"형님, 이제 LX60가 위험 대상이라는 거 아시잖습니까?"

"……."

그 말에 손하균은 인정할 수밖에 없었다, 자신이 오판하고 있다는 것을. 그것도 다른 사람들이 경고할 정도로 말이다.

판단력이 떨어진다는 것. 그건 변호사에게 심각한 결함이다.

심지어 태양이라는 거대한 제국을 이끌고 있는 손하균에게는 더더욱 그렇다.

"나 손하균이야! 내가……."

"형님, 제가 아는 형님이라면 이렇게 화내시지 않았을 겁니다."

"그……."

이혼하는 순간에도 분노를 속으로 삭이면서 손실을 최소화하기 위해 냉철하게 움직였던 손하균이다.

그런데 갑자기 화를 내다니?

"내가 화를 낸다?"

생각해 보니 최근에는 화를 내는 일이 분명 잦아졌다.

단순히 외로워서?

아니, 그건 언제나 그랬다.

자식도 도구로 여겼던 손하균이기에 외로움은 어찌 보면 너무도 당연한 것이었다.

"……."

손하균은 생각이 복잡해졌다.

태양이 몰락해서?

아니다. 애초에 태양은 자신과 양 이사, 아니 양재성이 같이 시작한 2인 사무실에서부터 비롯된 곳이었다.

과거보다 쇠락했다고 해서 태양이 와해되지는 않을 거다.

"내가…… 변했나?"

"네, 변하셨습니다."

"내가…… 왜 변했을까? 나이를 먹어서?"

그럴 거라 생각했다. 다들 그렇게 생각하니까.

그러나 양 이사는 다르게 생각했다.

"형님, 요즘 판단력도 과거에 비해 떨어지셨습니다만, 다른 실수도 잦아지셨습니다."

"내가? 실수를 한다고?"

"지난번에도 엉뚱한 재판정에 가서 재판 안 한다고 화내셨잖습니까?"

"내가 언제?"

"2주 전입니다. 기억 안 나십니까? 삼봉건설 사건 말입니다. 5층에서 하는 걸 3층에서 기다리셨잖습니까?"

"내가 그랬다고?"

일반인들이야 그런 일이 벌어졌다는 이야기를 들어도 '뭐, 착각할 수도 있는 거 아닌가?'라고 할 수 있지만 사실은 그렇지 않다.

왜냐, 각 층마다 재판부가 다르기 때문이다.

해당 재판정은 4층과 5층이 합의부다. 즉, 주 판사와 보조 판사가 따로 있는 구조라는 것.

그에 비해 2층과 3층은 단독부다.

혼자서 엄청난 숫자의 사건을 처리하는 재판정이다. 당연히 내부의 구조도 그리고 사람의 숫자도 다르다.

심지어 오늘 재판 일정을 입구에 붙여 두기까지 한다.

"내가…… 그랬다고?"

그런데 4층과 5층을 헷갈린 것도 아니고 3층과 5층을 헷갈릴 수는 없다. 더군다나 손하균은 그 자체도 기억하지 못하고 있었다.

전이라면 그걸 기억하지 못할 리가 없다.

"조심하셔야 합니다."

그 말에 손하균은 애써 입술을 깨물었다.

그도 인간이기에 때로는 닥쳐오는 현실에서 눈을 돌리고 싶을 때가 있었다.

"자네 말이 맞아. 나도 이제 늙었나 보군. LX60와 연을 끊도록 하지. 관련 자료나 증거 그리고 그 녀석들 쪽으로 배정된 대포폰은 모두 폐기해."

"네, 대표님."

드디어 제대로 판단한다고 생각한 건지 양 이사는 고개를 끄덕거렸다.

"나가 봐."

양 이사에게 손짓하고 회의실에 홀로 남은 손하균은 생각이 깊어졌다.

"내가 판단력이 떨어졌다고?"

문득 그는 두려움이 몰려왔다.
수십 년간 느껴 보지 못한 두려움.
그러나 그걸 막을 수는 없었다.

이것이법이다

리딩 사기

"영장 나왔다!"

오광훈은 신나게 외쳤다. 그렇게 죽어라 안 나오던 영장이 드디어 나온 것이다.

"어떻게 나왔대요? 경찰에서는 법에 해당 사항이 없다고 아예 신청을 안 해 줬다면서요?"

"탈세랑 업무상 횡령으로 신청했지."

애초에 LX60는 법대로 세금을 내면서 운영하기는커녕 사이트 자체가 불법적으로 만들어진 곳이다. 당연히 세금 신고도 제대로 하지 않았을 거다.

"거의 모든 범죄는 돈이 목적이야. 그래서 자금의 흐름을 추적하면 잡아내는 건 어렵지 않아."

애초에 돈을 노리는 놈들은 제3의 피해자를 갈취하려고 한다. 그런 놈들이 세금을 내겠는가? 당연히 내지 않는다.

"더군다나 범죄자들은 보통 경찰과 검찰은 관리해도 국세청을 관리하지는 않거든."

그러나 권력자들이 가장 선호하는 권력은 의외로 경찰이나 검찰이 아닌 국세청이다.

왜냐하면 경찰이나 검찰은 쓰기도 힘들뿐더러 섣불리 잘못 쓰면 역풍이 불지만, 국세청은 그렇지 않기 때문이다.

국세청에는 '깨끗한 납세'라는 목적성이 존재하는데, 그건 일반적으로 그럴듯하게 들리기에 역풍이 불 일이 없다.

그러나 노형진의 의견은 다른 듯했다.

"음, 그게 꼭 그렇지도 않더라고."

"뭐? 그게 무슨 소리야?"

"어딜 가나 탈세 방법은 많거든."

그리고 그게 절세인지 탈세인지 판단하는 건 국세청이다.

"예를 들어 말이지, 음…… 그래. 이 사건이 있네. 해외 로케로 영화를 찍었다고 쳐. 그러면 그건 세금을 내야 할까, 아니면 내지 말아야 할까?"

"그…… 글쎄. 안 내나?"

"정답은, 상황에 따라 다르다."

"뭐?"

서세영은 그 말에 기가 막혔다.

뭔 놈의 세금을 상황에 따라 다르게 낸단 말인가?

"만일 그걸 외장 하드나 USB 같은 저장 매체에 가져오면 세금 부여 대상이야."

실제로 모 영화사에서 해외 로케를 다녀오면서 영화를 외장 하드에 담아 오자 국세청에서 그에 맞는 세금을 매겼다.

왜냐, 외장 하드에 담아서 가져오면 그 하드는 해외에서 쓴 비용만큼의 가치가 있다고 생각한 것이다.

"해외 로케에 120억이 들었고, 그래서 23억이라는 세금이 나왔어."

"뭔 말도 안 되는 소리야? 그러면 그걸 웹하드나 이메일로 올리면? 뭐, 세금 대상이 아니야?"

"응, 아니야. 그게 법원 판결이야."

"뭐? 진짜로?"

"진짜로."

실제로 재판부에서도 법적 해석을 그렇게 했고, 그래서 해외 주요 프로그램을 살 때는 실물 발송이 아니라 다운로드가 하나의 탈세 수단이 되었다.

"세법도 코에 걸면 코걸이, 귀에 걸면 귀걸이라는 거지. 하지만 오광훈 네 말대로 범죄 조직들 대부분은 경찰이나 검찰만 경계하지, 국세청을 경계하지는 않으니까 수사할 때 도움을 받기에 괜찮지."

더구나 그간 쌓인 리딩 사기의 수익 기록이 충분하니 그걸 기반으로 국세청에 고발해 줄 것을 요청하면 당연히 응해 준다.

"그리고 아무리 검찰이나 경찰이라고 해도 말이지, 같은 정부 조직인 국세청의 고발을 무시하긴 힘들어."

물론 돈이 있고 백이 있는 상황이라면 국세청에 전화해서 지랄 지랄을 하기만 해도 빠르게 소를 취하하고 아예 세금 자체를 지워 버려 줄지도 모른다.

"하지만 이제 LX60는 힘이 없을 거야, 아마도."

"그런 것 같더라. 너무 쉽게 영장이 나와서 놀랄 정도였다니까."

만일 법무 법인 태양에서 여전히 사건을 관리하고 있다면 아무리 국세청으로 돌려서 영장을 청구했다 해도 이렇게까지 빨리 나오지는 않았을 거다.

"그러면 이제 영혼까지 털어 내면 그만인가?"

"아니, 아직 영장을 집행하지 마."

"응? 왜? 시간 별로 없어."

영장이 나왔다고 천년만년 집행 가능한 게 아니다. 영장에는 명백하게 집행 가능한 기한이 있기 때문이다.

"이상한 게 있거든."

"이상한 거?"

"응. 오황지 말이야, 마약이랑 술에 취해서 그 난리를 친건 알지?"

"마약은 의심하는 것일 뿐이지만, 알지."

술에 취해서 그랬다고 대충 둘러댄 상황이기에 이제 와서 이유도 없이 마약을 했다고 꼬투리 잡아서 물고 늘어질 수는 없었다.

"그래. 그런데 말이야, 내가 곰곰이 생각해 보니까 아무래도 오황지 그놈이 자기 파벌에서 밀려나는 분위기란 말이지?"

"호오, 그래?"

"그래. 아마도 방해만이 조직을 통째로 꿀꺽 삼키려는 걸 거야. 너, LX60의 명단의 핵심이 오황지라고 했지?"

"그랬지."

이미 LX60의 명단은 확보한 상태다. 그런데 그 중심에 있는 건 방해만이 아니라 오황지였다.

실제로 가입한 놈들의 전과나 주변 인물을 조사하면 과거에 연결된 게 방해만이 아닌 오황지로 나온다.

그 말은, 최초 결성 시기에 오황지가 중심이 되어서 만들어졌다는 소리다.

"이게 생각보다 기업이나 조직 내에서 흔하게 일어나는 일이거든."

예를 들어 어떤 기업을 만들 때 그 기업을 창립하는 멤버는 산업투자를 하는 투자자이기보다는 그 기술에 자신이 있는 전문가인 경우가 많다.

"그런데 수익이 나면서 권력은 자연스럽게 경영권자에게

밀리게 되거든."

와이플은 그 바람에 창립자를 잘라 버리는 사태까지 벌어
진 적이 있었다.

다만 그가 나간 후에 회사가 망할 것 같으니까 다시 불러
왔지만 말이다.

"중요한 건 그거야. 자본을 쥔 놈이 권력을 차지하는 건
자연스러운 현상이라는 거지."

"그러면 오황지도 그 과정을 겪고 있다는 거야?"

서세영은 깜짝 놀랐다.

기업에서야 그럴 거라는 걸 알고는 있지만 조폭도 그럴 줄
은 몰랐으니까.

"인간 세상은 어딜 가나 결국 비슷하거든. 그런데 생각해
봐. 공식적으로 오황지는 조직의 1인자야. 아마도 방해만이
2인자겠지. 그런데 그런 놈이 혼자 횟집에 와서 다금바리를
먹는다고? 말이 된다고 생각해?"

그런 경우 조직원 한 명이 따라와서 그의 시중을 들어 주
는 것이 일반적이다.

"확실히 이상하네."

"그렇지?"

"그러면 그 과정에서 흥분한 거야?"

"그럴 거야. 그 횟집 주인이 그랬잖아, '너도 나를 무시하
느냐!'라고 했다고."

"오황지가 무시당한 상대가 조직원이라는 거구나."

"그래, 그렇지만 사고가 난 시점에 도움을 청할 곳도 그곳뿐이었겠지."

무시당해서 기분이 상했다 해도 사고를 친 오황지가 믿을 것은 조직뿐이었을 거다.

실제로 조직은 그를 어느 정도 지켜 내는 데 성공했다.

"그리고 오황지의 권력의 소멸은 생각보다 더 빠르게 이루어질 거야."

"어째서요?"

"조직에 피해가 갔잖아."

만일 권력이 확고한 상황이라면 문제가 되지 않았을 것이다. 하지만 그게 아니라면 권력의 몰락이 가속화된다.

권력의 누수가 발생한 시점에서 그런 일은 치명타가 된다.

"지금 러시아가 무리해서라도 전쟁을 이어 가는 이유가 뭐겠어?"

"하긴, 그러네요."

만일 러시아가 여기서 패전하게 되면 권력 누수가 발생해 러시아 대통령인 체르덴코의 권력은 빠르게 무너질 것이다.

그렇기에 체르덴코는 자신이 살기 위해 필사적으로 전쟁에 온 국력을 몰아넣고 있는 것이다.

"사람들은 조직의 리더라면 당연히 조직을 위해 힘써 줄 거라 생각하지. 하지만 대부분은 아니거든."

"그러면 너는 오황지를 제대로 흔들면 정보를 술술 불 거라고 생각하는 거야?"

"쉽게 불지는 않겠지. 하지만 이쪽에서 선빵을 치면 저쪽은 똘똘 뭉칠 거야."

외부에 적이 있는 조직의 결속력은 더더욱 강해진다.

"그러니까 그 전에 그들을 먼저 쪼개서 정보를 얻고 LX60를 공격해야 한다고 생각해."

"어째서요?"

"생각해 봐. 오황지가 조직에서 추방당한 상황이라면 어떤 일이 벌어지겠어?"

"그거야⋯⋯."

"모든 게 사라지는 거지."

LX60는 화려하게 60세까지만 살자는 의미라고 했다. 쉽게 말해서 짧고 굵게 살자는 느낌인 거다.

조폭들이 자주 입에 담는 말이다.

그러나 그런 인간들이 60살이 되었다고 정말로 가차 없이 목숨을 끊을까?

아니다. 도리어 살기 위해 무슨 짓이든 다 하려고 한다.

"더군다나 그 돈은 오황지의 돈이 아니야. LX60라는 조폭들의 돈이지."

그리고 조직에서 방출되는 오황지를 위해 조직원들이 십시일반 돈을 모아서 퇴직금으로 줄 것도 아니지 않은가?

"그런 점에서 손해배상이 핵심이라고 난 생각해."

"무슨 소리야, 오빠?"

"그게 무슨 얘기냐면, 일단 1심에서 30%가 인정돼서 손해배상액으로 1억 4천이 나왔지."

"그렇지?"

"그런데 태양이 힘썼는데 정말 그렇게 나왔을까?"

만일 태양이 정말로 힘썼다면 못해도 그 두 배 이상은 나왔어야 정상이다.

아무리 태양이 과거에 비해 힘을 잃었다지만 썩어도 준치라고, 고작 1심이 그 정도 금액을 받는 것으로 마무리될 리가 없다.

"그리고 피해자나 가해자의 입장에서야 1억 4천이 엄청나게 큰 금액일지 모르지만 재판부 입장에서는 그렇지 않거든."

그 정도 금액은 하루에도 수십 건 이상 보는 게 바로 재판부다.

"자, 여기서 다시 LX60로 돌아가 보자. 그놈들이 만들어 낸 피해 금액이 얼마나 돼?"

"현재까지는 700억에서 800억 사이. 아직 공론화되지 않아서 그렇지, 공론화가 되면 더 많은 피해자가 드러나겠지."

노형진은 고개를 끄덕거렸다.

"그래, 그리고 그 정도 돈을 쥐고 있는 놈들에게 있어서 1억 4천만 원은 그리 큰 의미를 가지는 건 아니야."

물론 1억 4천만 원이 적은 돈인 것은 아니다.

하지만 800억 이상의 돈을 빼돌린 놈들이 그렇게 소송을 통해 압박을 가해서 받아 낼 만큼 큰돈인 것도 아니다.

"굳이 그 수익을 위해 경찰을 자극할 이유가 없다는 거지. 더군다나 우리는 하춘동이 뇌물을 받고 뒤에서 사건을 압박했다고 생각하고 있잖아?"

"그렇지?"

"그런데 부탁이라는 건 말이야, 많을수록 가격이 뛰거든. 예를 들어 하춘동 같은 변호사에게 사건을 덮어 달라고 부탁하려면 얼마나 들 거라 생각해?"

"어…… 글쎄?"

"사람이 죽을 뻔한 사건이야. 그것도 경찰에서는 인질극으로 생각하고 대응했던 사건이지. 그런데 그걸 갑자기 주취 난동 정도로 격하시키려면 못해도 2억 이상은 들어야 해."

노형진의 말에 오광훈은 고개를 갸웃했다.

"아니, 그러면 애초에 적자잖아?"

"그렇지. 그런데 거기다가 1억 4천만 원짜리 민사소송에 영향을 주려면 돈이 얼마나 들 것 같아?"

"응?"

"하춘동은 검사 출신이야. 판사 출신이 아니라."

만일 판사 출신이라면 후배 판사에게 전화해서 '야, 그거 배상 선고해 줘.'라고 말하는 게 어렵지 않았을 거다.

하지만 검사 출신은 판사와 약간 거리가 있다.

"직접 판사에게 전화해서 '승소 판결해 줘.'라고는 못 한단 말이지."

일단 판사와 검사가 법조인으로 묶이기는 하지만 엄밀하게 말하면 서로 소속이 다르기에 같은 직장 동료조차도 안 된다.

"판사와 검사가 친한 건 같은 조직 소속이라서가 아니라 스스로가 사회적으로 인정받는 권력 계층이라는 동질감 때문이야."

그렇기에 직접적으로 청탁을 주고받는 데에는 한계가 있다.

"그럴 때는 한 다리 걸쳐야 하거든."

"한 다리?"

"아직 상부는 로스쿨 출신이 아니라 사법연수원 출신이잖아."

그러니 판사가 된 사법연수원 동기에게 연락해서 압력을 부탁하는 식으로 사건을 해결하는 것도 불가능한 것이 아니다.

"아, 그러면 돈이 더 드는구나."

"아저씨도 사법연수원 출신이잖아요? 아는 사람 없어요?"

그 말에 오광훈은 머리를 어색하게 긁었다.

"아, 그게 말이지."

아는 사람이 있겠는가?

진짜 몸의 주인이었던 오광훈의 영혼이 아닌 데다가 애석하게도 지식이나 정보를 넘겨받진 못했으니 선이 다 끊어졌다.

"세영이 너도 알 텐데, 정의로운 성격의 검사가 얼마나 고립되는지?"

"하긴, 나 같은 로스쿨 출신도 아예 사람 취급 못 받는데 아저씨 같은 타입은 그냥 생매장이겠구나."

"맞아, 맞아. 어느 순간 아예 연락 자체가 끊어지더라고. 혹시나 하는 마음에 동창회 같은 데도 못 가겠고."

"이해하기는 해요."

서세영이 납득하는 듯하자 오광훈은 안도의 한숨을 내쉬었다.

그러고는 재빨리 말을 돌렸다. 같은 질문이 또 나오면 곤란하니까.

"그러면 결과적으로 범죄자 놈들은 이걸 청탁하면 곤란하다는 거네?"

"그렇지. 이해가 안 가는 부분인 거지."

형사사건에 관한 부분이라면 이해가 간다. 왜냐, 오황지가 잡혀 들어가서 아가리라도 털기 시작하면 다 같이 잡혀 들어가니까.

"그런데 민사는 이야기가 다르거든."

왜 굳이 로비를 통해 압력을 행사해서 돈을 챙기려고 했을까?

"더군다나 민사는 기본적으로 오황지의 돈이란 말이지."

사기를 쳐서 빼돌린 돈과 달리 오황지 개인의 돈이 맞기에 달라고 하기도 애매하다.

"그런데도 굳이 민사사건에서 그렇게 로비를 하는 건 이상하다는 거지."

"그러면 민사에서는 로비를 안 했을 거라는 거야?"

"아마도."

"잠깐, 이해가 안 가는데? 로비를 안 했는데 그 돈이 나온다고?"

"재판부에서 경찰의 업무에 관해 보상금을 인정한 판례는 엄청나게 많아. 그리고 검사도 중요한 사건 기록을 못 받아서 우리한테 한 방 먹었지."

쉽게 말해서 30%라는 손해배상금은 서류상 기록으로 봤을 때 경찰의 과잉 공격으로 판결된 시점에서는 너무 당연하게 나오는 수치라는 것이다.

"로비의 결과가 아니라고?"

노형진의 말에 세서영도, 오광훈도 어이가 없다는 얼굴이 되었다.

"한국의 재판부는 사회적 경험이 없는 인간들이야. 극도로 한정된 정보만을 가지고 판단하지."

예를 들어 형사사건에서 술에 취한 음주 운전자가 그걸 신고하려는 사람을 수차례 자기 차량으로 밀어 버리고 도주했는데 재판부는 그 사람에게 집행유예를 선고한 적이 있다.

명백하게 야밤에 특수 흉기를 이용해서 상대방에게 위해를 가한 최소 특수 상해, 최대 살인미수인 사건인 데다가 합의된 것도, 피해자에게 진료비 등을 보상한 것도 아니고 그렇다고 합의금을 공탁한 것도 아닌데 말이다.

이유는 단 하나, 그 운전자가 반성문을 제출했고 불쌍하다는 것이었다.

"뭐 그런 황당한 판결이 다 있어?"

"그게 현재 대한민국 판사들의 수준이야. 아마 피고인이 예쁘고 어린 여자라는 것도 엄청난 영향을 미쳤겠지."

"끄응."

"중요한 건, 30% 정도의 배상금은 그냥 기계적으로 나온 판단일 거라는 거야."

"그러면 형사가 뒤집어지면?"

"당연히 민사도 뒤집어지겠지."

형사에서 결과에 책임이 없다고 나오면 아무래도 민사에서도 배상 책임은 인정하기 힘들다.

왜냐하면 업무상 당연히 해야 하는 일을 했는데 책임을 물을 수는 없으니까.

"그러면 우리는 일을 다 한 거야?"

"아니지. 내가 말했잖아, 형사는 그렇다고 치고 민사는 LX60가 걸 이유가 없다고."

"그랬지."

"그러면 누가 소송을 걸었겠어?"

"그거야 당연히 오황지 아냐?"

"그래, 맞아. 그렇다면 오황지는 왜 경찰을 자극하면서까지 민사를 걸었을까?"

"돈을 구하고 싶은 거겠네."

노형진의 말에 오광훈은 바로 눈치챘다.

"은퇴 자금을 구하고 싶은 거였을까?"

"글쎄. 그럴 수도 있기는 한데, 솔직히 말해서 그럴 가능성은 높지 않지."

"어째서?"

"생각해 봐. 어제만 해도 술집에서 하루에 1억씩 쓰면서 놀아 재꼈는데 갑자기 한 푼 한 푼 아껴야 한다면 좋겠어?"

"당연히 아니겠지."

"그러면 어떻게 해야 할까?"

그 말에 오광훈은 한참을 고민했다.

서세영도 영 고민되는 눈치였다.

하기야, 일반인이라면 그 상황을 쉽게 해결하거나 이해하지 못하는 게 어찌 보면 당연한 거다.

"800억 이상의 돈을 가지고 있는 놈들. 그놈들만 없어지면 그 돈은 자기 돈이 되지."

"그러니까 그걸 뭔 수……로?"

순간 오광훈은 말하던 도중에 삑사리를 냈다. 자신이 당한 일이 생각났던 것이다.

심지어 그로 인해 검사의 몸으로 다시 깨어나지 않았던가?

"죽인다고?"

"그래, 죽이는 거지."

"설마!"

"설마라고 생각하기에는 가능성이 높지. 솔직히 내가 보기에는 오황지가 조직에서 살아 나갈 수나 있을지 걱정되는데?"

오황지는 이미 폭행 전과를 다수 가진 놈이다. 그러니 그런 놈에게 붙어서 같이 움직이는 놈들의 수준이야 뻔하다.

"LX60 놈들 전과가 주로 어떤 거야?"

"폭행, 협박, 갈취 그리고 마약 같은 거."

"살인만 빠졌네."

"살인만 빠졌지, 후우. 염병할 새끼들."

그건 살인만은 저지르지 않아서가 아니라 살인만 걸리지 않은 것일 가능성이 높다.

폭력 조직의 살인이라면 조직 자체가 와해되고 지금쯤 죄다 교도소에 들어가 있어야 하기 때문이다.

"오황지는 살인 경험이 없지?"

"없지."

"그러면 한 가지만 묻자. 그놈, 자의적으로 범죄행위를 멈췄어? 기소 기록을 본 적이 있을 거 아니야?"

"아니, 대부분 주변에서 말리거나 경찰이 출동해서 제압했지."

그랬기에 살인이 없는 거지, 브레이크가 없는 놈들은 주변에서 막지 않으면 기분에 따라 서슴없이 살인까지 저질러 버리곤 한다.

"오빠는 그걸 어떻게 확신해?"

"조직 이름이 LX60잖아."

60세까지만 화려하게 산다.

이게 60세가 되면 손 씻고 깨끗하게 살자는 다짐을 뜻하는 건 아닐 거다.

"도리어 그 의미를 보면 '우리에게는 미래가 없다.'라는 쪽에 가깝지."

그리고 미래가 없는 놈들의 공통점은 막 나간다는 것이다.

"누군가를 죽이려고 한다라……."

"그리고 그 정도 일을 하기 위해서는 돈이 필요해."

단순히 망한다는 개념이 아니라 자기가 죽을지도 모르는 상황. 그 상황에서 만일 상대방을 먼저 죽인다면 800억 넘는 어마어마한 돈을 혼자서 다 먹을 수 있다.

"설마."

하지만 아직 그런 경우를 본 적이 없는 서세영은 믿지 못하는 얼굴이었다.

하지만 오광훈은 고개를 흔들었다.

"무시 못 해. 매년 죽어 나가는 폭력 조직원들의 숫자를 생각해 보면."

"그렇게나 많아요?"

"한국은 실종자에 대해서는 수사를 하지 않거든."

특히 남자 실종자는 접수가 들어와도 아예 실종이 아닌 가출로 판단해 버린다.

"더군다나 폭력 조직의 일이라면 더더욱 방치하는 부분이 있지."

당연하다.

경찰이 아무리 무능해도 나름 폭력 조직의 리더나 상부에 대해서는 알고 있다. 그런데 그놈이 사라진다?

"그걸 수사해서 진짜 범인을 찾기가 진짜 싫거든."

어차피 경찰 인원은 매일 부족한 게 현실이다.

일반 남성도 실종되면 찾아 주지 않는 와중에 조폭을 굳이 찾아서 그 책임을 물을 이유는 없다.

"실종은 그냥 실종인 거지."

물론 그 과정에서 다른 사람, 그러니까 가족이라든가 현장을 목격한 증인 같은 사람을 죽인다면 그때는 경찰이 나서지만, 현실적으로 살인이 목격된 것도 아니고 그저 성인 남성이 실종되면 거의 대부분의 경찰은 묵살 처리한다는 것.

"거기다가 실종 신고를 할 사람이 어디 있는데?"

조폭쯤 되면 주변에서는 골칫덩어리로 여겨지지, 좋은 아버지이자 좋은 남편이자 좋은 자식으로 여겨지지는 않는다.

"더군다나 애초에 조폭이 되면 가족들이랑 연을 끊거든."

"그래요?"

"그래."

사람들은 아무리 조폭이라도 가족에게는 따뜻할 거라고 생각한다.

하지만 조폭은 자신이 아무리 성공해도 가족을 짐이자 쓰레기 취급한다.

"아니, 왜요?"

"조폭은 어느 순간 완성되는 게 아니니까."

노형진은 아무래도 확실하게 말해 주는 게 좋을 것 같다는 생각에 설명해 줬다.

"일반인에게 있어서 폭력을 이용해 이득을 취하는 건 상당히 나쁜 짓이야."

당연하게도 일반인은 가족이 그렇게 행동하는 걸 막고 고치려고 한다.

설사 그 행동이 가족이 아닌 남에게만 행해진다 해도, 부모들은 자식이 그런 행동을 하는 걸 막으려고 무던히도 노력한다.

"더군다나 나이를 먹을수록 그 폭력은 가족에게 향하기 쉬워."

그쯤 되면 가족들은 천천히 그와 연을 끊고 모른 척하기 시작한다.

자연스럽게 가족 내에서도 철저하게 고립되고 사람 취급도 못 받는 상황.

"그런 상황에서 폭력 조직이 우리는 가족이라며 접근하는 거지."

그 순간부터 조폭은 조직의 일부로서 그들이 먹여 주고 재워 주는 규칙에 길들여진다.

무력을 기반으로 한 규칙으로 굴러가는 세계에 있다 보니 애정과 존중을 기반으로 굴러가는 인간관계 자체를 이해하지 못하고 튕겨 나가는 거다.

"그래서 소위 조폭이라는 놈들은 가족들과의 연이 끊어진 경우가 대부분이지."

"하지만 그래도 결혼하는 놈들도 있잖아?"

"그런 놈들의 가정이 멀쩡할 리가 없잖아?"

어떤 여자가 조폭으로 모가지에 힘 좀 주고 사는 사람과 함께 살고 싶어 하겠는가?

"거의 모든 조폭은 대화 수단이 주먹과 위계질서야."

그건 가족에게도 공통적으로 적용된다.

처음에는 마음에 들어서 어찌어찌 결혼하고 아이를 낳았다고 치자.

하지만 여자는 늙고 아이는 성장하는데 조폭은 갈취한 돈으로 매일같이 룸살롱을 들락날락할 수 있다면, 늙어 가는 아내도 창피하고 짐덩이 같은 자식은 꼴도 보기 싫어질 거다.

그리고 그 순간부터 아내와 자식에게 손을 대기 시작하는 거다.

"자연스럽게 가족들에게는 아버지이자 남편이 아니라 공

포의 대상이 되지."

"아아~."

가족들이 따뜻한 집에서 아빠를 기다리는 게 아니라 '제발 오늘은 들어오지 않았으면.'이라고 바라기 시작한다는 거다.

"그러다가 갑자기 사라졌어. 그러면 실종 신고해서 찾고 싶겠어?"

찾아봐야 또 맞기만 할 텐데.

"형진이 말이 맞아. 그러면 보통 가족들은 다급하게 집과 재산을 처분하고 도망가더라고."

실종 신고 대신에, 얼마간 집에 오지 않으면 재산을 처분하고 도주를 선택한다, 다시는 자신들을 찾아오지 않기를 바라면서.

"내가 그 꼴을 많이 봤지."

"검사라서요?"

"어? 응…… 뭐, 그렇지."

물론 검사라서 본 건 아니다.

검사는 도리어 그런 걸 볼 일이 없다.

그가 조폭이던 시절 자신과 다르게 가족이 있는 놈들 중에 그런 경우가 많았던 것.

사실상 고아로서 살아남기 위해 몸부림치다가 조폭이 되었고 자식에게 그렇게 사는 꼴을 보여 주기 싫어서 끝까지 결혼하지 않았던 오광훈과는 달리 다른 조폭들은 그런 식으로 결혼 생활이 무너지는 경우가 흔했다.

"그래도 끝까지 버티는 가족도 있잖아요?"

"아예 없는 건 아니지. 하지만 보통 그런 집안은 소위 말하는 막장이야."

엄마라는 인간은 돈만 가져다주면 애를 패든 밖에서 애를 만들어 오든 신경도 쓰지 않고 그 돈을 쓰는 데에만 집중하고, 자식은 아비라는 인간에게 배운 대로 폭력 조직원으로 성장하면서 범죄를 저지른다.

구조적으로 무력과 위계질서로 굴러가는 멤버들이니 그 규칙을 따르는 조폭과 마찰이 생길 이유가 없다.

"그런 경우는 실종 신고를 할 수 있잖아요?"

"아니, 안 해."

서세영의 말에 오광훈은 단호하게 선을 그었다.

"아니, 왜요?"

"말했잖아, 그런 집안은 규칙을 안다고. 아버지가 실종된 걸 신고하면 그 보복이 어디로 올 것 같아?"

"아……."

그걸 너무나 잘 알기에 그들은 입을 다문다.

그리고 그 대신 죽은 아버지가 가지고 있던 재산을 챙겨 조용히 사라진다.

혹시 모를 보복을 피하기 위해 말이다.

"그러면……?"

"그래, 현실적으로 오황지가 죽어 나가도, 누구도 그를 구해 주거나 찾으려고 하지 않을 거라는 거지. 더군다나 오황지는 가족하고 아예 손절한 사람이거든."

한때 방송에 나와서 갱생하려는 모습을 보였다지만, 가족들의 말에 따르면 그 시기에조차도 가족들에게 주먹을 휘두르고 매일같이 술을 마시며 문제를 일으켰다고 한다.

"그리고 스스로도 알 거야."

혼자 살아남을 방법이 없다는 걸 스스로도 아는 거다.

포기하고 조용히 물러난다? 그렇게 한다면 목숨만은 건질 수 있을지도 모른다.

"그런데 범죄자들은 그런 성향이 아니거든."

저 새끼를 죽여야 내가 산다면, 기꺼이 죽인다.

"더군다나 LX60는 숫자가 많은 조직도 아니야."

LX60의 숫자는 열한 명.

오황지는 빠졌고, 방해만은 두뇌파이니 딱히 전투력을 기대하기는 힘들다.

그렇다면 처리할 인간은 실질적으로 아홉 명뿐.

"어때? 너라면 어떻게, 각이 나와?"

노형진의 말에 오광훈은 고개를 끄덕거렸다.

"조폭들이 나이트클럽 하나 때문에 상대 조직원들 모가지 따는 건 일도 아니었는데, 뭐."

심지어 그런 조직들은 최소 십 단위에서 최대 백 단위가 되기도 한다.

그래서 그런 일이 터지면 경찰이 발칵 뒤집어진다.

"더군다나 800억이라면 그 정도 치워 버리는 거야 어려운 일도 아니지."

"아닐걸."

그때 이야기를 듣던 노형진이 오광훈의 말에 고개를 흔들었다.

"아마 노리는 게 단순히 800억만은 아닐 거야."

"그러면?"

"방해만 그놈도겠지."

리딩방 사기를 통해 800억을 벌어들였다.

그 말은, 방해만만 적당히 컨트롤하면서 족치면 끊임없이 그 돈을 벌어들일 수 있다는 소리다.

"방해만이 돈 욕심이 많은 놈이지만 그렇다고 해서 죽고 싶지는 않을 거 아니야?"

"당연하지."

"그러면 네가 봤을 때 그놈이 나중에 가서 신고하겠어?"

"못 하지."

눈앞에서 같이 일하던 조직원들이 비참하게 죽어 나자빠졌는데 과연 신고할 수 있을까?

더군다나 방해만은 이미 한번 오황지를 치워 버리려고 했다. 그런 상황에서 과연 멀쩡할 수 있을까?

"아마 온갖 고문을 당할 거야."

그저 목숨만 붙인 채 폭력 조직에서 노예처럼 돈을 만들어 내는 기계 취급하며 굴릴 거다.

그 과정에서 아마 진짜로 죽지 않을 정도로만 돈을 쥐여 준다면 방해만은 영원히 입을 다물 가능성이 크다. 그리고 오황지를 위해 죽어라 일하겠지.

왜냐, 용도를 다하는 순간 자신 역시 폐기 대상이 된다는 걸 알 테니까.

"그러면 그냥 두면 안 되는 거 아니에요?"

"왜?"

"네?"

"말했잖아. 그놈들이 죽는다고 해도 피해자는 돈을 되찾을 수 있는 방법이 없어. 경찰 입장에서야 뭐, 범죄자가 죽는 게 무슨 큰일인가 싶겠지만 피해자에게 범죄자의 죽음은 막대한 피해를 의미한다고."

"그래서 한 번에 때려잡는다고?"

"그래, 솔직히 말해서 네가 영장을 가져가면 돈 찾을 수 있어?"

"힘들지."

피해자가 수천 명인지 수만 명인지 알 수 없는 상황이다.

그리고 방해만의 성격이나 실력으로 미루어 봐서는 아마 주소지에 관련 자료나 증거를 가져다 두지는 않았을 거다.

"100% 다른 곳에 감춰 두겠지."

만일 오광훈이 영장을 집행한다면 LX60는 분명히 그곳에 있던 자료와 증거를 모조리 삭제하거나 불태운 뒤 돈을 들고 도주할 거다.

그리고 다른 곳에서 다시 리딩방을 만들어서 또 다른 사기를 치려고 할 거다.

"그러니까 일단은 인신 구속부터 해야지."

"하지만 어떻게? 솔직히 탈세로 구속영장이 나오지는 않을 텐데."

"살인미수라면 충분히 나오지 않겠어?"

노형진은 싱글벙글 웃으며 말했다.

"기회를 주자고, 후후후."

너희에게 남은 건 전무

"네? 공탁요?"

"네."

"아니, 저 돈 없는데요."

민사도 2심이 재판 중이다.

1심에서 나온 1억 4천만 원이라는 배상금을 오황지가 마음에 안 들어 했기 때문이다.

그런데 노형진의 말은 충격적이었다.

"그 돈은 제가 지원해 드릴 겁니다. 아, 물론 수사 종료 후에 반환받을 돈이긴 합니다만."

"네? 어째서요?"

"사실은……."

노형진은 자신들이 한 의심을 말했고 백도성은 얼굴이 굳었다. 그러나 이내 한숨을 내쉬었다.

"그러고도 남죠."

그도 경찰이기에 조폭에 대해 안다. 그리고 그들에게 있어서 동료였던 인간의 목숨이 얼마나 가치가 없는지도 안다.

"제 돈으로 킬러라도 고용한다는 겁니까?"

"킬러는 힘듭니다. 솔직히 말해서 킬러 한 명 고용해서 아홉 명을 싹 다 죽이는 건 힘들어요."

"그러면?"

"아마도 다른 조직을 고용하려고 할 겁니다."

한 명이라도 살아서 도망가면 나중에 뒤통수가 근질근질할 테니 한 번에 싹 다 죽이려고 할 거다. 그리고 그런 상황이라면 킬러보다는 다른 조폭을 고용하는 게 편하다.

"그런 조폭이 있다고요?"

"없지는 않을 겁니다. 당장 한국에 마약을 유통하는 놈들이 어디 한둘입니까?"

당연히 리딩방을 운영하는 놈들도 한둘이 아니다.

그리고 그들은 돈만 된다면 살인도 불사할 가능성이 아주크다.

"하지만…… 그들이 싸우게 해서…… 공멸하게 한다는건……."

뭔가 떨떠름한 얼굴이 되는 백도성.

그럴 수밖에 없었다.

지금 노형진이 말하는 것은 차도살인지계, 즉 남의 손을 빌려서 범죄자들을 죽이겠다는 소리니까.

아무리 자신에게 손해를 준 놈들이라지만 십수 명이 죽게 놔둘 수는 없었다.

"설마 진짜로 죽게 하겠습니까? 놈들이 어디서 싸우는지 모른다면 모를까, 안다면 중간에 덮치면 그만입니다."

"아하!"

그들이 싸우려는 순간만 제대로 노린다면 충분히 잡을 수 있다.

"가능합니다."

"가능하다."

그 말에 고민하던 백도성은 고개를 끄덕거렸다.

"그런 거라면 도와드리겠습니다. 하지만 재판에서 지는 건……."

"아뇨. 재판에서 지는 건 아닙니다. 말씀드렸다시피 공탁입니다."

"공탁."

"네. 공탁을 걸면 합의금을 낸 것으로 취급됩니다."

그리고 그 돈을 받으면 합의한 것으로 취급된다.

그러나 그렇다고 해서 재판이 바로 종결되는 것은 아니다. 재판의 종결은 판사가 재판정에서 합의의 완성을 결정했을 때만 이루어진다.

"그러니까 우리는 일부 공탁을 걸고 그놈이 돈을 빼 가기를 기다리면 되는 겁니다."

법원에 협조 요청을 하면 재판부는 그 합의로 인한 종료를 결정 내리지 않을 테고, 그사이에 사건이 벌어지면 깡그리 잡아들이든가 아니면 공탁금 반환 청구를 통해 합의가 불발된 걸 이용해서 계속해서 재판을 진행하면 된다.

"성공하면 좋겠지만 실패하면……."

"실패해도 결국 찾을 수 있는 돈입니다. 그리고 손실이 발생하더라도 제 손실이고요."

그걸 감수하고라도 그들이 사기 친 돈을 되찾을 수 있다면 이건 기회다.

"게다가 그 돈을 찾는다고 그놈들이 그게 피해자들의 돈이라고 인정하겠습니까? 당연히 피해자들이 저희들에게 의뢰할 겁니다."

"아하!"

설사 그들이 그 돈을 돌려주지 않는다 해도 어차피 할 소송이고, 동시에 의뢰인들에게서 의뢰비를 받아서 충분히 만회할 수 있는 수준의 돈이다.

"그런 거라면 제가 기꺼이 도와드려야지요. 그러면 어떻게 해야 할까요?"

"당연히 공탁을 걸어야지요."

"공탁은 얼마나 거시려고요?"

"글쎄요. 한 2억쯤 걸어 볼까요?"

더 걸기에는 너무 많고, 그보다 적으면 오황지가 다른 조직을 고용하지 못할 테니까.

"그 돈으로 충분하다면 아마 오황지는 그 돈을 찾아갈 겁니다."

부족하면 찾아가 봐야 의미가 없으니 소송을 계속할 테고.

"결국 선택은 오황지가 하는 겁니다."

물론 그 선택이 어떤 것이 될지, 노형진은 이미 알고 있었다.

노형진은 오광훈과 함께 작전을 짜고 공탁금을 걸었다.

공탁금은 2억.

1심에서 1억 4천만 원이 나왔다지만 2심 재판 중이기에 가능한 금액이었다.

그리고 얼마 지나지 않아 오황지가 돈을 찾아갔다.

"확실히 급한 모양인데?"

노형진은 확인하자마자 돈을 찾아간 것을 보며 혀를 끌끌 찼다.

"역시 오빠 말대로 하려는 건가?"

"그럴 가능성이 높지. 현실적으로 이렇게 서두를 이유가 없으니까."

공탁금을 찾아간다는 것은 합의를 받아들인다는 의미가 되기 때문이다. 당연히 추가적인 돈은 못 받는다.

"그런데 왜 받아 갔겠어?"

"돈이 아까우니까?"

"그래, 재미있는 논리지."

800억 이상의 돈을 감춰 놨다. 아마도 범죄 수익의 특성상 현금으로 쌓아 두고 있을 가능성이 크다.

그런데 방송에서도 다뤄진 적이 있지만, 인간은 내 돈이 아니면 막 쓰는 경향이 있다.

어떤 정치인도 국가 예산 수백억을 날리다시피 한 후에 '내 돈이 아니니까 이렇게 쓰지 내 돈이면 이렇게 쓰겠나?'라고 하기도 했다.

"800억도 마찬가지야."

그 돈은 똑같이 N분의 1로 나누는 것도 아니고 그냥 쌓아 두고 공동으로 쓰고 있다.

아마도 서로 빼돌리고 있을 테고, 설사 그러지 않는다 해도 미친 듯이 써 재낄 거다.

"그리고 그놈들은 하루에 수천에서 억 단위로 쓸 거다."

돈을 쓰는 건 어려운 일이 아니다.

예를 들어 800억이 있는데 돈을 마음대로 쓸 수는 있어도 가져갈 수는 없다고 치자.

그러면 그 돈으로 시가 20억짜리 시계를 사면 그 순간부터 20억은 내 돈이 되니 당연히 아끼지 않고 쓰게 된다.

"그래서 공산주의가 망했지."

당연히 그 돈은 사기를 통해 계속 늘어나고 있지만 동시에 그보다 더 빨리 소비되고 있을 거다.

"그러니 어떻게든 그 돈을 다 쓰기 전에 털어 내고 돈을 찾아오고 싶겠지."

노형진의 설명을 들은 서세영이 조금 혼란스러운 얼굴로 물었다.

"그러면 이제 뭘 해야 해? 오광훈 아저씨가 현장을 덮쳐야 하나? 애초에 현장을 덮치기에는, 장소가 어딘지도 모르잖아."

"아, 그건 걱정하지 마. 오황지가 알려 줄 테니까."

"응?"

"일단 외부의 도움을 좀 받아야겠어. 한 방에 잡아야 하니까."

노형진은 웃으면서 핸드폰을 들었다.

⚖️

"그러니까 나보고 그쪽에 정보를 흘려 달라고?"

"네. 가능하시겠습니까?"

"LX60라……. 신흥 조직 같은데, 나 같은 구시대의 조폭은 그런 애들이랑 안 친해."

구시대의 조폭들은 그런 리딩방 사기 같은 걸 하지 않는다. 잘 모르니까.

"더군다나 이 바닥도 나름 세대가 있거든. 말로는 충성이니 존중이니 외치지만 서로 아는 사이가 아니면 그냥 남이야."

한만우가 오래된 조폭이라고 그들이 딱히 존중하고 그러지는 않는다는 것.

"당연히 그걸 원하지는 않습니다. 애초에 그 정도는 저도 알고 있고요."

"그러면?"

"이런 말이 있습니다. 보물을 가지기 위해서는 그 보물을 지킬 정도의 힘이 있어야 한다."

"맞는 말이야."

그나마 지금은 공권력이 괜찮아져서 다행이지, 옛날에는 건물주들을 때리고 협박해서 건물을 통째로 빼앗는 일이 비일비재했다.

그런데 심지어 건물주의 로비 능력이 조폭보다 떨어지면 경찰에 신고해도 경찰은 방치하기만 해서, 도리어 신고했다는 이유로 조폭에게 끌려가 며칠간 고문당하다가 결국 건물을 통째로 넘기는 사례가 엄청나게 많았다.

물론 지금이야 공권력이 강해지고 인터넷이 생긴 덕에 상황을 방치했다가는 바로 항의가 청와대까지 올라가다 보니 경찰이 과거처럼 행동하기는 힘들다.

"그게 조폭 세계의 국룰 아닙니까?"

"뭐, 부정은 못 하지."

"그러니까 그쪽으로 접근해야지요."

"그쪽?"

"그놈들은 보물을 쥐고 있습니다. 그런데 숫자는 열 명. 실질적으로 아홉 명이거든요."

"아아~ 무슨 뜻인지 알겠군."

한만우는 피식 웃었다.

"하긴, 힘도 없이 보물을 쥐고 있는 건 죄악이지."

"적당히 겁만 주시면 됩니다."

"어려운 일은 아니겠군."

한만우는 씩 웃으며 말했다.

"뭐, 적당히 같이 먹고살아야 하니, 검찰에서 그놈들을 때려잡고 싶다는데 협조해 줘야지. 그래, 말은 전해 주도록 하겠네."

"감사합니다."

"감사는 무슨. 서로 돕고 살아야지."

한만우는 피식 웃었다.

"그렇잖아도 건달도 아닌 그런 생양아치들이 이쪽 바닥을 흐리고 다니는 게 영 마음에 안 들었거든."

조폭이나 건달의 세계에도 규칙이 있다. 그러나 그런 놈들은 규칙을 지키지 않는다.

존중과 의리의 문제가 아니다. 경찰을 자극하면 좋은 꼴을 못 본다는 것이 중요하다.

과거에 범죄와의 전쟁이 왜 터졌던가? 한 놈이 선을 넘었기 때문이 아닌가?

"조만간 좋은 소식을 전해 주도록 하지, 흐흐흐."

한만우는 즐거운 표정으로 빙긋 웃었다.

⚖️

오황지는 은밀하게 사람들을 조질 수 있는, 그리고 사람을 죽여서 정리해 줄 수 있는 조직을 찾기 시작했다.

"개 같은 새끼들. 날 배신해?"

원래는 그 아래에서 돈이나 벌어 오던 방해만이 자기가 번 돈이 어느 정도 쌓이자 슬금슬금 고개를 쳐들더니 어느 순간 그를 재껴 버리려고 했다.

그리고 정신 차렸을 때는 이미 그를 제외한 나머지 조직원들이 모두 그놈에게 포섭된 후였다.

"개 같은 새끼들. 내가 그냥은 못 당한다."

방해만은 둘째 치더라도, 다른 놈들은 자신과 알고 지내던 사이 아닌가?

그런데 방해만 그 새끼가 돈을 준다는 이유만으로 자신을 담가 버리려고 했다는 사실에 그는 분노해 길길이 날뛰었다.

"오황지?"

그리고 드디어 그게 가능한 조직을 찾았다.

사실 여러 위험 요소가 숨어 있는 일이었다. 나중에 그 조직이 돈에 대해 알면 어차피 사람 죽인 거, 아예 오황지와 방해만도 죽이고 그 돈을 다 처먹으려고 할지도 모르니까.

그렇기에 함부로 선을 넘지 않으면서도 정확하게 일만 해 줄 조직을 찾는 게 쉬운 일이 아니었다.

그런데 다행히도 한 곳이 조건을 받아들였다.

"제가 오황지입니다."

그 말에 털썩 자리에 앉는 남자.

"선금 2억에 후불로 20억 더. 사유는 묻지 않고?"

"네, 제가 그 조건을 달았습니다."

아무리 조폭이라 해도 사람을 왕창 죽이는 게 위험부담이 없을 리가 없다.

사람 하나 죽이는 데는 2억이면 충분하겠지만 사람 아홉 명을 죽이는 데 2억은 너무 적다.

더군다나 나중을 위해서라도 방해만 그 새끼는 살려 놔야 하지 않겠는가?

그렇기에 이유도 묻지 않고 일해 줄 곳을 찾아야 했는데, 그런 곳이 쌀 리가 없었다.

"그래서, 얼마나 치워야 하는데?"

"아홉 명입니다."

"적지 않네."

남자는 뭔가 고민하는 눈치였다.

"뒤에 말 나와?"

"그럴 새끼들이 아닙니다. 다 집에서 손절당한 새끼들이고, 애초에 제대로 싸워 본 적도 없는 생양아치들입니다."

"전과가 좀 있다면서?"

"술에 취해서 동네 아저씨들이랑 아줌마들 좀 두들겨 팬 게 다입니다. 제대로 된 조직 생활도 해 본 적 없고요."

"연장질은?"

"쥐 적은 있지만 써 본 적은 없습니다."

"흠, 어렵지는 않겠네."

남자는 고개를 끄덕거렸다.

칼을 쥐어 봤다고 다 쓸 줄 아는 건 아니다.

상대방이 칼을 쥐어 봤자 이쪽에서 조금 더 리치가 긴 쇠파이프라도 쥐면 끝이고, 영 위험하다 싶으면 그물이나 체인으로 뚜까 패면 된다.

"살려 두면 안 된다고?"

"한 새끼만 살려 두면 됩니다."

"그래? 그렇다면 뭐."

남자는 몇 가지를 확인하더니 고개를 끄덕거렸다.

"선금은 큰 거 두 장. 알지?"

"네."

그 말에 오황지는 고개를 끄덕거리며 가방을 건넸다.

가방을 받아서 열어 본 남자는 히죽 웃었다.

"그래, 그 새끼들이 누구라고?"

"LX60라는 새끼들입니다."

"좋아. 내 알아보고 연락 주지. 담그는 날짜는 알아서 결정해. 가능하면 사람 피하고."

"네."

"그리고 일은 제대로 해야 할 거야. 우리는 뒤에 말 나오는 거 싫으니까. 무슨 말인지 알지?"

"네, 알겠습니다."

남자는 가방을 들고 사라졌다.

오황지는 그 뒷모습을 보면서 이를 악물었다.

"개 같은 새끼들. 다 뒈진 줄 알아."

⚖️

"그래서, 우리한테 일 못 맡기겠다 이건가?"

LX60의 멤버들은 온몸에 문신이 가득했다. 그리고 보통은 그 문신만 보여 주면 거의 모든 문제가 해결된다.

하지만 지금 이 순간 그 문신은 아무런 효과도 없었다.

눈앞에 앉아 있는 남자들의 몸은 아주 깨끗했음에도 말이다.

"우리가 참…… 물러졌나 보다. 그치?"

"그러니까 말이야."

한만우의 양성화 기업 중에는 경호 회사도 있다.

양성화할 때 조폭들이 가장 선호하는 회사 중 하나가 바로 경호 회사니까.

그들이 LX60에게 찾아가 좋게 말해서는 영업, 나쁘게 말하면 협박하는 건 어려운 일이 아니었다.

"그, 저희가 경호가 필요한 정도는…….."

방해만은 상대방 눈치만 보며 말도 제대로 못 하는 동료들을 보면서 입술이 바짝바짝 말랐다.

'등신 새끼들.'

문신으로 가오 잡고 다닐 때 알아봤어야 했다.

정작 진짜 위험한 놈들이 찾아오자 눈치 보면서 찍소리도 못 하다니.

"후회할 텐데. 돈 좀 크게 만졌다면서? 그거 현금으로 쥐고 있다면서? 지켜야 할 거 아니야?"

찾아온 남자는 비웃음이 가득한 얼굴로 말했다.

"어디서 그런 이상한 소문을 들으셨는지 모르겠지만 저희는 그냥 선량한 사업가입니다."

"선량한 사업가? 하하하, 들었냐? 선량한 사업가란다!"

"이러니까 개그 코너가 망하지, 하하하!"

한 명이 웃기 시작하자 나머지 사람들도 크게 따라 웃었다.

"지금 너희 꼴이 어떤지는 아냐? 온몸을 도화지처럼 쓰고서 뭐? 선량한 사업가?"

"하하하, 미친 새끼들."

쾅!

자리에 앉아 있던 남자가 테이블을 내리치는 순간 뚝 그치는 웃음소리.

"뒈지고 싶냐?"

"……."

"지금 우리가 손 좀 씻고 깨끗하게 살고 있다고 만만해 보이나 봐?"

"그게…… 아니라……."

"같이 좀 먹고살자 이거야. 우리는 최소한 다른 새끼처럼 네놈들 모가지 따 버리고 다 가져가려 들지는 않잖아!"

"다른 새끼요?"

"너희들, 오황지 그 새끼 담그려다가 실패했다면서?"

그 말에 방해만의 눈이 커졌다. 그건 비밀이었으니까.

"그 새끼가 너희 담그려고 다른 조직 샀다는 거, 모르나 보다?"

"우리를, 담그려고 한다고요?"

"당연한 거 아니냐? 800억 넘게 챙겼는데 너희들이 다 처먹겠다고 담그려고 했다면 똑같이 담가 줘야지."

그 말에 방해만의 눈동자가 흔들리기 시작했다. 전혀 모르고 있었으니까.

이것이 이런 작은 폭력 조직의 한계였다.

이런 작은 조직은 당장 돈 버는 거에만 집중하느라 정보수집 능력이 많이 떨어진다.

"그러니까 우리가 지켜 주겠다는 거 아니야."

"그런……."

"대가리 따이기 전에 잘 생각해라. 늦기 전에 전화하고."

명함 하나 틱 던지고는 우르르 나가는 남자들.

그들이 완전히 떠난 것을 확인한 방해만은 바로 다른 조직원들에게 소리를 질렀다.

"이 새끼들아! 뭐든 해결할 수 있다며!"

"아니, 그거야 어지간한 거여야죠. 형님. 쟤들, 한만우 쪽 조직이에요. 세력 차이가 얼만데."

"이런 새끼들을 믿고 내가 일을 했다니."

긴 한숨을 쉬는 방해만.

하기야, 이해가 가기는 한다.

잠깐이나마 방송계에 있을 때, 양성화된 한만우의 조직이 얼마나 큰 영향력을 가지고 있는지 들었기 때문이다.

"쓸데없는 파리가 꼬였네."

공식적으로 경호해 주겠다고 말은 잘하지만 결국 와서 죽치고 앉아서 시간이나 때우겠다는 소리다.

당연하게도 그 과정에서 자신들은 먹을 거 입을 거 다 해결해 줘야 하고, 심지어 경호비라고 수십억은 줘야 할 거다.

"그런데 일단 중요한 건 그게 아니지 않아요?"

"그건 그렇지. 야, 오황지 그 개새, 연락되냐?"

"당연히 안 되죠. 그 새끼 때문에 조직이 날아갈 뻔했는데."

술 처먹고 경찰에게 지랄하다가 총까지 맞은 새끼였다. 그랬기에 사건을 덮어 주는 대신 영원히 눈앞에서 꺼지라고 경고했다.

잠시 진짜로 죽일까 고민도 했지만 애석하게도 그 사건으로 자기들이 경찰의 시야에 들어가는 바람에 당분간은 그 새끼를 담그기 어려워 포기한 참이었다.

"그런데 이 새끼가 우리를 담그려고 한다 이거지."

"다른 조직을 고용한다면……."

LX60의 조직원들은 서로를 돌아보았다.

여기 있는 이들은 모두 서로를 어느 정도 안다.

온몸에 문신하고 폭행 전과를 주렁주렁 달고 있기는 하지만 그건 어디까지나 약자를 두들겨 팬 결과지, 목숨을 걸고 폭력 조직끼리 싸우며 서로 칼로 담가 버린 적은 없었다.

물론 필요하면 하겠지만, 그러기 위해서는 자기 목숨도 걸어야 하는데 누가 그걸 원하겠는가?

이들이 원하는 건 약한 사람들 등쳐 먹으면서 편하게 사는 거지, 목숨 걸고 위험한 삶을 사는 게 아니다.

그런데 다른 조직과 목숨 걸고 싸워야 한다고?

"어쩌죠, 형님? 그 새끼는 진짜 악질이라……."

오황지는 충분히 그러고도 남을 거다. 더군다나 악만 남은 상황이니까.

"그, 경호원을 고용할까요?"

"뭔 개 같은 소리야! 야, 저 녀석들이 우리 경호하다가 돈이 어디 있는지 알게 되면? 그냥 참고만 있을 것 같아? 저 새끼들은 우리 안 죽일 것 같냐고!"

그 말에 다들 아무런 말도 못 했다.

실제로 그럴 가능성도 무시 못 하니까.

"일단은 우리 한데 뭉쳐 있자. 그리고 아지트부터 옮기고."

"그래도 안전을 위해서라도 한만우 조직을 고용하는 게 좋을 것 같은데요. 오황지 그 새끼, 쫓겨날 때 눈깔 돌아간 거 보셨잖아요."

"끄응…… 그렇기는 한데……."

"잠깐 오는 비만 피합시다, 형님."

"그럽시다."

혹시나 진짜로 조직 간 항쟁으로 자기들이 뒈질까 두려워서 LX60의 멤버들은 벌벌 떨다시피 했다.

60살까지만 화려하게 살다가 가겠다 했지만 진짜로 목숨을 걸 상황이 되자 공포가 스멀스멀 엄습하기 시작한 것.

그리고 그건 방해만도 마찬가지였다.

오황지를 축출하기 위해 수를 쓴 게 자신이니까.

만일 자신을 살려 준다고 해도 곱게는 못 살 거라는 걸 그는 느끼고 있었다.

"그러면…… 적당히 고용하자. 상대방은 얼마나 고용할지 모르니까 넉넉하게."

"네, 형님!"

그 말에 대번에 환해지는 얼굴들.

하지만 그들은 몰랐다, 이미 자신들이 속고 있다는 것을.

"커억!"

오황지는 배를 부여잡고 바닥을 나뒹굴었다.

나오라는 연락을 받고 나갔더니 다짜고짜 낯선 곳에 끌려와서 두들겨 맞았으니까.

"이 개 같은 새끼가! 우리를 속여?"

"형님, 그냥 담그죠. 어차피 돈은 받았잖습니까?"

뒤에 있던 남자는 칼을 들고 달려들려고 했다.

그걸 본 오황지는 다급하게 뒤로 도망가려고 했다.

하지만 뒤는 이미 다른 조직원이 막고 있었다.

"무슨 말입니까, 속이다니? 안 속였습니다. 저는 거짓말한 게 없습니다."

다급하게 매달리는 오황지.

"허, 이 새끼가?"

칼을 든 조직원이 다시 달려들려고 하자 선두에 있던 지난번의 그 남자가 그를 말렸다.

"그만둬. 이 바닥에서는 신용이 중요한 거 몰라? 수가 좀 틀려졌다고 의뢰인을 담가 버리면 일 못 한다."

"네, 형님."

결국 어쩔 수 없이 물러나는 남자. 하지만 그는 물러나면서도 칼을 만지작거렸다.

"그래, 오황지. 뭘 거짓말했는지 모른다고?"

"네, 저는 지…… 진짜 모릅니다."

"모르면 알려 드려야지. 야, 열 명이라며? 그중에서 아홉 명만 담그면 된다며? 그 새끼들, 생양아치라며!"

"네, 맞습니다."

"이거 안 보이냐?"

멀리서 줌으로 찍은 것으로 보이는 사진.

사진에는 건장한 사내들이 쫙 깔려 있었다. 누가 봐도 조직원으로 보이는 모습이었다.

"아홉 명? 이 새끼야, 여기 있는 것만 서른 명이야. 서른 명!"

"네?"

"네 말만 믿고 찾아갔다가 도리어 우리가 담길 뻔했다 이거야."

"그런…….."

"우리를 속여서 모가지 따려고? 미친 새끼가."

"오…… 오해입니다. 저는 진짜 몰랐습니다."

"그래, 그렇다고 치고. 이거 어쩔 거야? 이 새끼들, 다른 조직 같은데."

"다른 조직요?"

"그래, 어느 조직인지 모르겠지만 아무래도 널 담그려고 고용한 것 같은데."

"네?"

"척 보면 모르냐? 이 새끼들 경험자야. 그것도 못 느끼는 수준이냐? 이야, 살아 있는 게 운이 좋은 새끼네, 이거."

그 말에 오황지의 눈동자가 흔들렸다.

'나를 살려 둘 거 아니었나? 아니, 그럴 리가 없지.'

그만 해도 당시에는 사건만 덮어 주면 조용히 살겠다며 나와서 뒤통수 치려 했으니 이 새끼들이라고 그러지 말라는 법 없다.

사람을 죽일 정도의 깡은 없겠지만 사람 죽여 줄 사람을 고용할 정도의 깡은 있는 새끼들이니까.

'씨팔.'

이대로라면 자기는 죽는다는 사실에 오황지는 입술이 바짝바짝 말랐다.

그는 다급하게 매달렸다.

"살려 주십시오, 제발!"

"이 새끼야! 저쪽은 서른 명이야. 네가 말한 열 명을 빼도

스무 명이라고. 이쪽이 얼마나 고용해야 하는지나 알아?"

"돈을 더 드리겠습니다. 저놈들만 치워 버리면 더 드릴 수 있습니다."

저들만 죽여 버리면 숨겨 둔 수백억은 자기 돈이다.

물론 그간 쓴 것도 있겠지만 그래도 조폭에게 줄 돈이 모자랄 리가 없다.

"더 준다고?"

"얼마를 드리면 됩니까? 네?"

"흠, 인원이 이렇게 늘어나면…… 아무리 그래도 50억은 줘야 하는데."

"50억요?"

"그래. 우리도 뒈지기 싫으니 두 배는 되어야 할 거 아냐. 그러면 두당 1억은 잡아야지."

"……."

확실히 그렇기는 하다.

어차피 LX60 놈들이 할 줄 아는 건 비명 지르는 게 다일 테니 문제가 되는 건 나머지 스무 명. 그런데 이쪽이 안전하려면 쉰 명은 되어야 한다.

"그건 좀……."

아무리 그래도 50억은 너무 비싸다는 생각에 오황지는 주저했다.

그러자 남자는 바로 자리에서 일어났다.

"싫으면 우리는 손 털고. 네가 구라 친 거니까 돈은 못 돌려줘. 무슨 뜻인지 알지?"

그리고 주저 없이 떠나려 했다.

"야, 가자!"

"하지만 형님."

"어허! 영업 계속하고 싶으면 의뢰인에게 손대는 거 아니라니까. 그리고 어차피 오래 못 살아. 귀찮게 우리 손 더럽혔다가 짭새라도 붙으면 어쩔 건데?"

그 말에 오황지는 심장이 덜컥 내려앉았다.

생각해 보니 그렇다. 어차피 내 돈도 아니다.

그리고 내 돈이 될 수도 있겠지만, 그렇지 않다면 자기가 죽는다. 그러면 선택지는 하나뿐이었다.

"드리겠습니다!"

그 말에 나가던 자들이 발걸음을 멈췄다.

"드리겠습니다, 50억⋯⋯. 다만⋯⋯ 지금 돈이 없어서⋯⋯."

"뭐, 그 정도 서비스는 해 드려야지. 그런데 그 정도 숫자가 붙으려면 조용한 곳이 필요한데."

"그런 곳이 있습니다!"

"있는 게 문제가 아니잖아. 저 새끼들이 나와야지."

"우리가 가 있으면 그 새끼들이 알아서 올 겁니다."

그렇게 말하며 오황지는 이를 악물었다.

아지트를 옮기는 건 쉬운 일이 아니다.

일단 경호원을 고용했다곤 해도 그들 몰래 해야 안전하니까 시간을 내서 몰래 가서 돈을 옮기려고 했다.

그러나 상황은 이상하게 굴러갔다.

"응? 이거 뭐야?"

핸드폰으로 날아온 비상 문자.

자신들의 아지트에 설치한 자동 감지기였다.

비상시 누군가 침입하면 연락이 오도록 되어 있는 구조였다.

평소에는 없던 게 갑자기 생기면 경찰이 인식하고 거기를 조사할지도 몰랐기 때문이다.

"이런 씨입."

핸드폰을 확인한 방해만은 이를 악물었다.

영상에는 오황지가 창문을 깨고 들어가는 모습이 찍혀 있었다.

"형님! 형님! 그 새끼가!"

"닥쳐! 알아!"

그 순간 문이 벌컥 열리면서 들어오는 다른 조직원.

만일에 대비해서 모든 조직원이 동시에 받도록 해 났기 때문이다.

"어쩌죠, 이거?"

"어쩌긴, 가야지!"

선택지가 없다. 가야 한다.

그러지 않으면 자신들은 모든 걸 잃어버린다.

"뭔데 호들갑이야?"

경호하러 왔던 남자가 오징어를 질겅거리면서 다가왔다.

"조직원 새끼 하나가 배신 때렸습니다. 아지트에 가야 하는데……."

"그래? 핸드폰으로 공유하는 모양이지?"

힐끔 깨진 창문을 보면서 말하는 남자.

"이거 꼴을 보니까 함정 같은데?"

"함정이라고요?"

"오황지인지 뭔지 하는 새끼도 공유하고 있었을 거 아냐. 그런데 혼자서 저 창문을 깨고 들어간다고? 개소리지. 저기 카메라 밖에서 너희를 담그려고 기다리고 있을걸."

그 말에 방해만은 얼굴이 굳었다.

듣고 보니 틀린 말은 아니었다. 그라도 그렇게 할 테니까.

"가…… 같이 가 주십시오!"

저기에 있는 돈을 포기할 수는 없다.

그 돈을 벌려고 얼마나 오래 노력했던가? 그 돈이면 평생 일 안 하고 살 수 있다.

"미안한데 우리가 같이 가 줄 이유는 없지."

하지만 경호원은 단호하게 선을 그었다.

"네?"

"우리는 너희를 지키라고 고용된 거지, 너희 대신에 싸우라고 고용된 게 아니거든. 너희들이 뒈질 곳을 선택해서 기어들어 간다고 해서 우리가 지켜 줄 이유는 없다 이거야."

'이 개 같은 새끼들.'

그러나 선택지가 없었다.

이들의 말이 사실이라면 오황지는 자신들을 죽이기 위해 기다리고 있다는 소리니까.

"돈을 더 드리겠습니다."

"푼돈으로는 안 움직여."

"그러면…… 20억…… 더 드리겠습니다."

"20억이라……."

그 말에 남자는 싱긋 웃었다. 그러고는 밖을 향해 소리 질렀다.

"연장 챙겨라! 일 가자!"

그가 나가자, LX60의 조직원 중 한 명이 걱정스러운 목소리로 물었다.

"형님…… 괜찮을까요?"

"일단 틀어막아야 하니까. 당장 털리지야 않겠지만 결국 가지 않을 수는 없어."

이걸 예상하지 못한 게 아니기에 오황지를 쫓아내고 나서 모든 걸 바꿨다.

입구의 비밀번호도 바꾸고 금고 번호도 바꿨다.

그랬기에 오황지가 문을 열지 못하고 창문을 깨고 들어간 것이다.

"시간이야 벌 수 있겠지만 결국 결판을 봐야 해."

금고도 엄청 큰 데다가 콘크리트로 굳혀 놔서 떼어 갈 수도 없으니 그걸 뚫기 위해서는 전문 팀을 불러서 마흔여덟 시간 이상 작업해야만 한다. 그러니 금고 자체는 문제가 안 된다.

"하지만……."

자신들이 가지 않는다면 결국 뜯어낼 것이다.

그렇다고 거기에 경찰을 부를 수 있는 것도 아니지 않은가?

"20억은 얼마든지 다시 벌 수 있어. 하지만 그놈은 살려 두면 안 돼."

방해만의 눈에서 광기가 번뜩거렸다.

그들의 아지트는 한적한 별장이었다.

주변에 사람도 없고, 도둑도 이런 곳은 신경 쓰지 않기에 돈을 감추기에는 최적이었다.

거기다가 CCTV도 거의 없는 곳이기에 추적을 피하기도 쉬웠다.

하지만 그랬기에 그곳에 몰려든 수십 명의 사람들에게서

뿜어져 나오는 분위기는 이루 말할 수 없이 살벌했다.

"이야, 이게 얼마 만이야?"

"이렇게 만나네?"

기다리고 있던 오황지 측과 몰려든 방해만 측.

그들은 별장 앞에서 서로에게 무기를 들이밀면서 차갑게 웃었다.

"언젠가는 이렇게 만날 거라 예상하기는 했지."

"나도 그건 동감이야."

품 안에서 기다란 사시미를 꺼내는 오황지 측의 남자.

그리고 그에 대항하듯 뒤쪽의 부하에게서 못이 흉흉하게 박혀 있는 야구방망이를 받아 드는 방해만 측의 남자.

그리고 그들 뒤에서 오황지와 방해만은 서로에게 소리를 고래고래 질렀다.

"이 개 같은 새끼야! 너 언젠가 이럴 줄 알았다! 진즉 죽여 야 했어!"

"너야말로 죽였어야 했어! 개 같은 새끼! 모가지를 따 주마!"

흉흉하기 그지없는 모습. 그리고 가까워지는 수십 명의 세력.

다만 LX60 측은 서로에게 악다구니만 내지를 뿐 싸움에 끼어들 생각도 하지 않고 멀찌감치에서 구경만 했다.

도리어 여차하면 도망갈 생각인지 간간이 주변을 두리번 거리기까지 했다.

'씨팔. 어쩌지? 튀어야 하나? 뒤는 산인데?'

오황지는 걱정이 가득한 얼굴로 주변을 둘러봤다.

아무리 봐도 이쪽의 숫자가 더 적어 보였으니까.

더군다나 저쪽은 차가 입구에 있어서 여차하면 튈 수 있겠지만 자신은 안쪽에 있어서 도망갈 길이 없었다.

'제발…… 제발 이겨라.'

저기 있는 새끼들이 다 뒈져도 상관없다. 이기기만 하면 된다. 이기기만 하면.

설사 그 과정에서 방해만이 뒈져도 상관없다. 여기 쌓아둔 돈만으로도 충분히 먹고살 수 있으니까.

'제발…….'

그렇게 생각하면서 주변을 두리번거리던 오황지의 눈에 순간 숲속에 있는 뭔가가 보였다.

"저게 뭐……."

뭔가 반짝이는 듯한 모습에 그걸 확인하기도 전에 양쪽 세력이 그대로 충돌했다.

"죽여!"

"담가!"

"으아아!"

서로에게 칼을 들고 달려가는 모습에 모두의 시선이 그쪽으로 쏠렸다.

그런데 그다음 순간, 생각지도 못한 일이 벌어졌다.

"고생했다."

"고생은 개뿔. 나야 편하지. 너야말로 고생했다."

"지금 뭐 하는 거야?"

"응?"

서로 처절하게 피 튀기면서 싸울 줄 알았던 두 세력이 갑자기 악수하면서 서로의 어깨를 두들겨 주는 것이 아닌가?

"뭐 하는 거야! 저 새끼들을 죽여야지!"

"저 개 같은 새끼들을 죽여! 죽이라고!"

LX60의 멤버들은 왠지 모를 불안감에 다급하게 악다구니를 쏟아 내기 시작했지만 경호원들과 킬러들은 몸을 돌려서 그들을 향해 가운뎃손가락을 세웠다.

"조까, 병신아."

"아직도 자기들이 당한 걸 모르나 본데?"

"당했다고?"

그 순간 숲에서 우르르 나오는 사람들.

"이야~ 우리 LX60 님들 반갑네? 오래 따라다녔어!"

"오…… 오광훈!"

오광훈이 자신들을 추적한다는 것 정도는 충분히 알고 있었다. 그랬기에 오광훈을 피하기 위해 온갖 수를 썼다.

그런데 여기서 왜 오광훈이 나온단 말인가?

"오 검사님, 수고하셨습니다."

"제가 뭘요. 수고는 여러분이 하셨죠."

"여러분?"

그제야 일이 틀어졌다는 걸 알아차린 방해만과 오황지는 멍하니 남자들을 바라보았다.

"애초에 모두 우리 쪽 사람들이야. 너희를 위해 싸워 줄 사람 같은 건 없다는 거지."

"뭐?"

"어이, 기자님. 영상 충분히 뽑았어요?"

"네, 그럼요."

그러자 반대쪽 숲에서 나오는 기자와 노형진.

"충분히 뽑았어. 그림 쩔게 나왔다."

"변호사가 쩔게가 뭐냐? 쩔게가?"

"네 수준 맞추는 거지, 뭘."

노형진은 고개를 돌려서 LX60 멤버들을 바라보았다.

그제야 오황지는 노형진을 알아보고 자리에 주저앉았다. 재판 때문에 얼굴을 봤으니까.

"하…… 함정."

"눈치가 느리시네요."

노형진은 차가운 얼굴로 그에게 말했다.

"여기까지 안내해 주느라고 고생하셨습니다. 이 돈은 피해자들을 찾아서 돌려드리도록 하죠."

"그…… 그럴 수가……."

절망하는 오황지와, 그제야 상황을 알아채고 노형진에게 달려드는 방해만.

"개 같은 새끼! 죽일 거야! 죽여 버릴 거라고!"

하지만 이미 그의 주변에는 경찰이 가득했고, 노형진에게 반도 접근하기 전에 방해만은 그대로 허공을 날아 바닥에 나뒹굴었다.

노형진은 그렇게 바닥에 쓰러진 방해만에게 다가가서 차갑게 말했다.

"누워 계시니까 하늘이 잘 보이죠? 잘 봐 두세요. 그게 자유로운 세상에서 보는 마지막 하늘일지도 모르니까."

"흑흑흑."

그제야 LX60의 멤버들은 눈물을 흘렸지만 이제 와서 해결할 방법은 없었다.

⚖️

LX60 내분으로 혈투. 검찰, 현장을 습격해 전원 체포. 리딩 사기로 빼돌린 1,100억의 금액을 회수하는 데 성공

뉴스는 빠르게 터져 나왔다. 그리고 신문과 방송에는 흉기를 든 사내들이 서로에게 달려드는 모습이 모자이크 처리된 채 연신 보도되었다.

물론 그들 대부분은 진짜 범죄자가 아니라 한만우 측에서 보낸 사람들이었지만 언론사에 중요한 건 그게 아니었다.

자극적인 소재가 중요했고 기사 내용도 미묘해서, 어떤 사람들에게는 거의 백 명에 가까운 사람들이 흉기를 들고 난전을 벌인 것처럼 보이기도 했다.

"뭐, 이 정도는 봐주도록 하지."

노형진은 그런 모습을 보다가 신문을 툭, 던졌다.

틀린 장면은 아니니까 그것까지 문제 삼을 이유는 없었다.

"그나저나 현장에서 나온 돈이 1,100억이야. 우리가 생각지도 못한 돈이 더 있더라고."

"많이도 해 먹었네. 피해자들은?"

"지금 접수 중이야. 그놈들이 쓴 게 좀 있어서 전부 환수하는 데 시간이 좀 걸리겠지만."

"그래도 그게 어디야?"

작게는 수백만 원에서 크게는 수천만 원씩 날린 피해자들은 절망하고 있었을 터였다.

그런데 조금 시간이 걸리더라도 대부분의 피해 금액을 돌려받을 수 있다면 피해자들은 안정을 찾을 수 있을 것이다.

"덕분에 사건이 잘 해결됐다."

만일 노형진이 아니었다면 아마 답은 뻔했을 것이다.

어떻게 체포해도 그놈들은 빼돌린 돈으로 전관과 뇌물을 신나게 썼을 테고, 나온 후에 숨겨진 돈으로 편하게 살면서 다음 사기를 준비했을 것이다.

"그래도 이번에는 오래 못 나오겠네요. 아, 그래 봤자 3년 나오려나?"

서세영은 안타깝다는 듯 말했다.

한국에서는 사기가 워낙 처벌이 약하다. 그래서 현실적으로 사기를 막는 효과가 전혀 없다시피 하다.

"응? 3년이라니, 최소한 20년은 나올걸."

"응? 오빠, 그게 말이 돼? 사기로 20년은 무리지. 애초에 사기죄 최대 형량이 10년인데. 물론 제대로 재판하면 10년도 충분히 나오겠지만, 안 봐도 뻔하잖아. 돈 찾아 줬으니까 재판부에서 선처 운운하면서 봐주겠지."

그런데 노형진이 고개를 흔들었다.

"다른 죄가 있잖아."

"다른 죄?"

"살인 교사."

"어? 아, 맞다! 그걸 잊고 있었네!"

살인 교사는 살인죄와 형량이 똑같다. 그리고 미수범도 처벌한다.

"심지어 그놈들이 살인 교사를 한 게 한두 명이 아니거든."

살인 교사죄는 살인죄에 준하여 처벌한다.

심지어 LX60 놈들은 단순히 상대방을 죽이는 게 아니라 상대방의 부탁을 받은 대상을 공격하라고, 그래서 죽이라고 고래고래 소리 질렀고 돈을 주겠다고 약속까지 했다.

"그리고 그 증거는 우리가 확실하게 확보해 놨지."

"한만우 회장님의 사람들이니까?"

"맞아."

한만우의 도움을 받아서 사람들을 동원해 모든 과정을 녹화하고 증거를 확보했다.

그리고 살인 교사죄는 살인을 청부한 시점에 완성되는 거지, 살인의 완성이 필요한 건 아니다.

그래서 애초에 검찰의 부탁을 받아서 함정을 파는 걸 도와준 한만우 측 사람들은 처벌이나 기타 문제가 전혀 없지만, 살인을 교사하기 위해 돈을 쥐여 주고 명령까지 내린 LX60 놈들은 벗어날 방법이 없었다.

"한 명도 아니고 수십 명을 죽이라고 살인 교사를 했으니까."

사기죄와 더불어서 최대 형량을 받을 게 뻔하다.

설사 그로 인해 피해자가 전혀 발생하지 않았다 해도 최소 10년 이상은 확정적으로 나올 수밖에 없다. 집단 살인 교사니까.

"아마도 30년쯤 나오겠지."

"인생 끝나겠네."

"음…… 60살까지 화려하게 살겠다고 하더니 딱 맞겠네."

아마 교도소에서 나올 때쯤이면 60살이 될 테니 출소하고 자살하면 딱 맞다.

"그때 가서 자살할 자신은 없겠지만 말이야, 후후후."

노형진은 비웃음이 가득한 얼굴로 신문을 보면서 미소 지었다.

신의가 없는 놈들

세상에는 약간의 고정관념이 있다.

그리고 사람들은 그걸 기준으로 판단한다.

그중에는 소위 언더 도그마라는 게 있다.

'약자는 선하다.' 또는 '약자는 피해자다.'라고 생각하는 거다.

하지만 노형진은 그 언더 도그마를 극도로 싫어한다. 왜냐하면 악이란 본능과 자기 관리의 영역이기 때문이다.

재산이 수십조가 넘어가는 사람도 선할 수 있고, 마이너스 재산으로 먹고 죽을 돈도 없어도 악할 수 있다.

약자가 선하다는 고정관념이 생긴 건 악한 약자는 악할 기회가 없었기 때문이라고 믿는 게 노형진이다.

그랬기에 이번 사태에 대해 들었을 때도 딱히 놀랍지 않았다.

"그러니까 미국에서 오라고 한다 이거죠?"

"네, 맞습니다."

"그리고 이 모든 게 그 목표를 위한 거고?"

"저는 그렇게 생각합니다."

"소위 말하는 템퍼링이라는 거군요."

"노 변호사님, 저희 회사는 진짜 최선을 다해서 키운 겁니다. 제가 미쳤습니까? 아니, 미쳤다고 그 애들을 성추행하겠느냐고요! 저는 이성애자입니다! 아내도 있어요!"

울먹거리는 민도영의 어깨를, 노형진은 다독거렸다.

"자 자, 진정하세요. 알고 있습니다."

"저는 진짜 최선을 다한 겁니다. 이번이 마지막 기회라고요. 있는 돈 없는 돈 다 구해서 이렇게 투자한 겁니다."

"알고 있습니다. 그러니까 너무 힘들어하지 마세요. 제가 어떻게든 방법을 찾아볼 테니까요."

노형진은 반쯤 실신하기 직전인 의뢰인을 진정시켰다.

"일단은 제가 사건을 좀 알아보고 자세한 이야기를 하겠습니다."

"제발…… 제발 부탁드립니다. 이번이 마지막 기회입니다, 전."

"자 자, 진정하시고……."

"저……는……."

그런데 말을 하던 민도영의 얼굴이 점점 파리해지더니 그대

이것이 법이다

로 주저앉은 채로 아무런 말도 못 하고 헉헉거리기 시작했다.

노형진은 단번에 그가 어떤 상황인지 알아차렸다.

"당장 구급차 불러요!"

"네?"

"공황 발작 일어났으니까 바로 구급차 부르라고요!"

사건을 하다 보면 많은 피해자들을 보게 된다. 그리고 그 중 일부는 심적인 고통으로 인해 공황장애가 생겨 그로 인해 고통받는다.

"자 자. 진정하세요, 진정."

노형진은 일단 주변을 두리번거리면서 봉투를 찾았다. 그러고는 그의 입을 막으려고 했다.

공황 발작은 기본적으로 과호흡이 같이 오기 때문이다.

"헉헉…… 헉헉."

그러나 공황 발작이 일어나면 주변의 말은 들리지도 않기 때문에 민도영은 몸부림을 치기 시작했다.

"진정하세요. 일단…… 병원으로 갑시다."

때마침 들어온 구급대원들은 민도영을 데리고 다급하게 병원으로 향했다.

노형진은 그 모습을 안타까운 시선으로 바라보았다.

"후우~."

"노 변호사님, 괜찮으십니까? 안 놀라셨습니까?"

민도영이 병원으로 향하자 밖에서 기다리던 박상규가 다

급하게 다가왔다.

"괜찮습니다. 공황장애 환자를 처음 본 건 아니니까요."

노형진은 안타까운 눈빛을 지우지 못했다.

"일단 사정은 들었습니다. 협회에서는 공식적으로 어떤 입장입니까?"

"템퍼링이 맞다고 생각합니다."

"음……."

템퍼링이란 소속이 있는 사람을 빼내 가는 방식을 뜻한다.

예를 들어 특정 기업 소속의 유망주를 타사에서 빼내 가는 걸 보통 템퍼링이라고 한다.

민도영이 운영하는 오션엔터테인먼트는 엔터테인먼트조합 소속의 회사였다.

수년간의 노력 끝에 템페스트라는 보이 그룹을 성공적으로 론칭했고, 이제 막 엄청난 인기를 끌고 있는 시점이었다.

그런데 갑자기 템페스트의 멤버들이 민도영이 자신들을 성추행했다고 고발하면서 계약에 대한 효력 정지 가처분 신청을 한 것.

"일단 저희 입장에서는 중립을 지키는 게 맞기는 합니다 만……."

엔터테인먼트조합은 상생을 목적으로 설립되었다. 그렇다 보니 소속 당사자 간에 문제가 생기면 일방을 편들어 주기 애매하다.

물론 조합 자체는 엔터테인먼트 회사들의 모임이니 그들의 편을 들어 주는 게 정상일 것 같지만, 그렇게 되면 상대적으로 약자인 연습생이나 신인이 휘둘릴 가능성이 아주 높기에 가능하면 최대한 중립을 지키려고 하는 게 기본 방침이었다.

　"하지만 상황을 보아하니 너무 안타까워서요. 그래서 데려온 겁니다. 변호사를 소개해 주는 정도는 딱히 중립 위반이 아니니까요."

　"잘하셨습니다."

　"다만…… 진짜로 성추행을 했을지는 저희도 모르는 일이라……."

　"아마 안 했을 겁니다."

　'사실 아마도가 아니지.'

　노형진이 그의 어깨를 두들기면서 진정시킨 것은 우연이 아니다. 그의 기억을 읽기 위해서였다.

　그리고 그의 기억에 분명 성추행 같은 경우는 없었다.

　그는 최선을 다해서 템페스트를 밀어주고 적극적으로 노력했다.

　"그러면 노 변호사님은 템퍼링 당한 게 사실이라고 생각하시나 보군요."

　"네."

　"하아~ 돌겠네."

　박상규는 그 말에 한숨을 푹 쉬었다.

노형진은 그걸 보고 고개를 갸웃했다.

"문제가 있습니까?"

"있습니다. 사실 템퍼링이라는 게 너무 흔해서요. 이제는 어떻게 통제해야 할지도 모르겠습니다."

"네? 그게 무슨 말입니까? 이게 흔하다니요?"

"1년에 족히 한두 개 팀은 당합니다."

"그 정도로 심하다고요?"

노형진도 템퍼링이라는 것에 대해 모르는 바는 아니다.

하지만 그게 단 한 번도 수면 위로 나온 적이 없기에 딱히 신경 쓴 적이 없었다.

"원래는 더 심했습니다. 그나마 좀 안착되나 싶더니⋯⋯. 저희도 당할 뻔했습니다만."

"대룡엔터테인먼트를 상대로 템퍼링을 시도했다고요? 미친 겁니까?"

다른 곳도 아닌 대룡이다. 그리고 박상규는 엔터테인먼트 조합의 대표이자 동시에 대룡엔터테인먼트의 대표다. 그런 그에게 템퍼링을 시도하다니?

"미친 겁니까? 도대체 어떤 미친놈입니까?"

"그⋯⋯ 연예인은 말씀드리기 곤란합니다. 애초에 템퍼링 시도가 들어오긴 했지만 그 애들이 적당히 커트하고 저희한 테 이야기해 줘서 막은 거거든요."

"아아~."

템퍼링이라는 건 기본적으로 연예인의 협조가 없으면 아예 성립되지 않는다. 그렇기 때문에 어떤 연예인은 낌새가 이상하다 싶으면 소속사에 경고해 주기도 한다.

"그때 하마터면 그룹 하나가 통째로 날아갈 뻔했습니다."

멤버 중 한 명의 아버지가 엔터 쪽 일을 하는 사람이라 다행히 템퍼링에 대해 잘 알고 있었다.

그래서 자신들에게 접근하는 자들을 경계하며 다른 멤버들에게도 접근했을 거라 생각해 경고해 줬는데, 대룡엔터에서 다급하게 확인해 본 결과 실제로 그런 일이 벌어지고 있었던 것.

"그래서, 어떻게 했습니까?"

"시끄러워질 뻔했습니다."

"시끄러워질 뻔?"

"부모라는 인간들이 뻔뻔하더군요."

글로벌 시장으로 나갈 수 있는 애들을 잡아 두지 말고 풀어 달라, 아이들의 미래를 위해 대룡에서 손해를 좀 감수해 달라.

"지랄 났군요."

대룡엔터가 힘이 약한 것도 아니고 일을 못하는 것도 아니다. 그런데 그런 소리를 하다니?

"그래서, 뭐라고 했는데요?"

"처음에는 좋게 말하려고 했습니다만…… 음, 말이 통하지 않아서 약간 압박했습니다. 상대방이 누군지는 모르지만

우리랑 싸워서 이길 수 있을 거라고 생각하느냐고, 만약 그
렇다면 법원에서 보자고 했습니다."

"그랬더니 꼬리를 말았나 보군요."

"네."

노형진은 그 말에 대충 그 그룹이 누군지 알 것 같았다.

대룡엔터에 소속된 그룹 중에 최근 들어 한두 명 빼고 찬
밥 취급당하는 특이한 그룹이 있었기 때문이다.

'그런 일이 있었나?'

하긴, 대놓고 뒤통수를 후려친 인간들이고 계약 종료가 닥
치면 무조건 나갈 인간들인 걸 아는데 챙겨 줄 이유가 없다.

그렇잖아도 그룹이 탄생하면 누군가는 어쩔 수 없이 병풍
이 되어야 하는데, 배신자를 밀어주고 충성파를 병풍 만드는
사람은 없을 거다.

"그게 나쁜 거라면……."

"아니요. 잘하신 겁니다. 믿음은 이미 깨진 거니까요."

차라리 걸린 시점에 '죄송합니다. 저희가 그런 요구를 받
았습니다.'라고 알리면서 상황 설명을 해 줬다면 이해라도
했을 것이다.

왜냐, 템퍼링을 할 때는 온갖 감언이설로 상대방을 속이기
때문이다.

하지만 그에 대해 충분히 상황을 설명하고 속임수라고 말
했는데도 그쪽에서 뻔뻔하게 나온다면 용서할 이유는 없다.

"지금 불만이 많겠군요."

"그렇죠. 하지만 애초에 병풍이 될 애들이었습니다."

그들이 인기가 있는 건 실력이 좋아서가 아니라 인기 있는 그룹의 멤버인 덕분인데, 그들은 자기들이 나가면 그룹이 먹던 걸 다 독식할 수 있다고 믿고 있었다고.

"그런데 웃기는군요. 다른 곳도 아니고 대룡엔터에 템퍼링을 시도한다라……."

"그만큼 이 시장이 터무니없이 커졌습니다. 한류가 대단하니까요."

"이해가 가기는 합니다만."

전에는 동네잔치였다. 한국에서 가수 하면 한국에서 조금씩 먹고사는 수준.

하지만 한류가 커지고 수익이 늘어나면서 상황은 돌변했다.

"그런데 그만큼 돈도 많이 들어가죠."

진짜로 최소한으로 투자해도 15억, 많이 투자하면 40억씩 들어가는 상황에서 거액을 들여 도박에 가까운 시도를 하느니 차라리 성공한 애들을 꼬셔서 변호사비로 슬쩍 밀어주고 빼 오는 게 안전하고 더 빠르니까.

"거기다가 이 템퍼링이라는 게 한국만의 문제도 아니고요."

"한국만의 문제가 아니라고요?"

"중국이나 일본, 심지어 미국에서도 저희한테 템퍼링을 시도합니다. 저희 쪽 애들한테 템퍼링을 시도한 곳은 중국이었지요."

노형진은 그 말에 눈을 찡그렸다. 그럴 줄은 몰랐으니까.

하긴, 글로벌 시장에서 경쟁자는 국내 기업이 아니라 해외 기업이 되는 게 어떻게 보면 너무나 당연한 일이기는 하다.

"용케도 포기했군요. 한국을 떠나서 중국으로 가면 아무리 대룡그룹이라 해도 활동을 막는 데 한계가 있었을 텐데."

"운이 좋았습니다."

진짜 소송으로 가기 직전 중국에서 한한령을 내려 한국인 가수들의 방송 출연과 활동을 막아 버리자 그제야 부모들이 아차 하며 꼬리를 말았다는 것.

"물론 사과는 없었습니다."

도리어 적반하장으로 중국 수익이 줄어들었으니 미국에 진출해야 하는 거 아니냐면서 더더욱 심하게 공격했다고.

"어이가 없군요."

"네. 그나마 저희는 대항이라도 하죠. 오션엔터테인먼트 같이 작은 곳은 저항도 못 합니다."

"흠……."

그 말을 들은 노형진은 한참 고민했다. 그러다가 확인하듯 물었다.

"누굽니까?"

"네?"

"아무리 그래도 상대방이 만만한 놈은 아닌 것 같아서요.

엔터테인먼트조합 소속이라면 그런 짓은 못 할 것 같은데요."

일단 조합 소속으로 그 정도 규모를 가진 곳은 흔하지 않을뿐더러, 설사 상당한 규모를 갖췄다 해도 그런 짓을 하면 조합에서 가만두지 않는다.

"공식적으로는 아직 없습니다. 일단 나가겠다, 뭐 그런 분위기입니다."

"하긴, 그건 그렇겠군요. 그래도 의심되는 곳이 없지는 않을 텐데요."

"일단 현시점에서 가장 의심스러운 기업은 미국의 퍼펙트입니다."

"퍼펙트요?"

"네. 퍼펙트 코리아가 총대를 메고 수작을 부리는 것 같습니다."

"퍼펙트라면 작은 곳이 아닌데요?"

퍼펙트는 미국에서 음악 기업으로는 다섯 손가락 안에 들어가는 거대 문화 기업이다. 그런 곳이 템퍼링을 한다니?

"돈이 되니까요. 사실 최근에 퍼펙트가 다른 기업들에 밀리는 감이 없었던 건 아니거든요."

"그래요?"

"네. 뭐랄까, 사람들이 너무 올드해졌다고 해야 하나? 사실은 3년 전에 대표가 바뀌었습니다."

그리고 그가 제대로 삽질을 하는 중이라고.

음악이란 끊임없이 변화하면서 발전하는 영역이다. 매년 많은 사람들이 들어오고 또 떠난다.

그렇기에 시류를 읽어 내는 눈이 누구보다 중요하다.

어떤 사업은 산업을 이끌어 가는 자들이 시류를 읽어 낸다.

예를 들어 패션 산업이 그렇다.

올여름에 특정 디자인이 유행이라는 말을 들으면 사람들은 너도나도 그 디자인의 옷을 입고 다니지만, 사실 그렇게 세뇌당한 것뿐이다.

왜냐하면 여름에 입을 옷은 겨울에 디자인을 뽑아서 봄에 재고를 생산해 늦봄에 이미 매장에 뿌려져 있어야 하기 때문이다.

한창 추운 겨울에 누가 여름 디자인을 구상하고 사 입겠는가?

그래서 옷 같은 경우는 피드백이 느려서 생산업자가 유행을 이끌어 간다.

그에 비해 음악은 아니다.

거의 즉각적인 반응을 보이고, 생산자가 아무리 들이밀어도 소비자의 마음에 들지 못하면 소비 자체가 안 된다.

"새로운 대표가 템퍼링을 적극적으로 시도하나 보군요."

"네."

노형진은 턱을 만지작거리며 생각에 잠겼다.

확실히 새로운 대표가 그럴 가능성을 무시할 순 없다.

"아무래도 그 사람, 음악계 출신 아닌가 보군요."

"맞습니다. 전문 경영인 출신으로, 원래 투자회사 쪽이라고 들었습니다."

"하아~."

노형진은 그제야 이해가 갔다.

오로지 실적으로 그리고 돈으로 결과를 보여야 하는 투자 회사 출신의 전문 경영인이라면 사회적으로 지탄받는 행위라고 해도 신경 쓸 리가 없으니까.

단시간에 돈을 벌 수만 있다면 뭐든 할 거다.

"그런데 미국에서 템퍼링 같은 짓을 하다가는 진짜 한 방에 훅 갈 텐데요."

미국이라고 이런 일이 없었겠는가? 당연히 있었고, 당연히 겪어 봤다.

그렇다 보니 그로 인한 규정이 엄청나게 빡빡하다.

"그래서 한국을 노리는 건가요?"

"한국은 거의 공짜 수준 아닙니까?"

"하긴, 그렇죠."

한국의 계약서에서는 연예인을 철저하게 약자로 보고 그들 위주로 배상 규정이 구성되어 있다.

정확하게는 현재까지 번 돈을 기준으로 남은 기간을 곱하는 방식으로 배상하게 되어 있다.

예를 들어 지금까지 매년 50억을 벌었는데 계약 기간이 아직 3년 남았다면 50억 곱하기 3년 해서 150억을 내면 된다.

"그것도 적은 돈은 아니지만……."

"너무 오래된 규정이기는 하죠."

그 규정이 만들어질 때만 해도 사실 해외 공연이라는 건 꿈도 꾸지 못하는 수준이었다.

그 시절에도 한류라고 외치기는 했지만 말만 한류지 일본과 중국 등 일부 지역에 한정된 수준이라 지금처럼 글로벌 파워가 없었다.

"지금이야 뭐."

지금 기준으로는 해외에서 성공하면 150억이라는 돈은 세 달이면 벌 수 있다.

"그러니까 그 돈을 주고 빼내 가려고 한다는 겁니까?"

"네, 그렇게 보입니다."

"템페스트가 몹시 크게도 성공했나 보군요?"

"현재 빌보드에서 98위입니다."

"싹수가 보인다 이거군요."

빌보드에서 98위라는 것 자체가 거의 기적에 가깝다.

"그런데 템페스트가 해외 공연 경력이 있던가요?"

노형진은 박상규와 대화하다 말고 고개를 갸웃했다.

오션엔터테인먼트는 작은 회사다. 당연히 해외 진출을 통한 영향력 같은 게 있다고 보긴 힘들다.

"운이 좋았던 거죠."

일종의 밈처럼 유명해지면서 자연스럽게 미국에서도 퍼진 거라고.

이것이 법이다

"〈누나는 강북 스타일〉 같은 경우입니까?"

"네."

그렇게 인기를 끌기 시작하자 민도영은 다급하게 조합에 도움을 요청했다고 한다.

"하긴, 엔터테인먼트조합은 해외 진출에도 협조하니까."

각 기업이 자체적으로 해외 진출 라인을 만드는 건 엄청나게 돈이 든다. 그래서 아예 조합 차원에서 라인을 만들고 진출을 돕고 있다.

물론 공짜는 아니다. 어느 정도의 수수료를 내야 한다.

하지만 다른 곳을 통해도 결국 수수료를 내야 하고, 어차피 내야 하는 돈이라면 규모가 큰 곳이 일을 더 잘하니까 조합 산하에서 해외 진출을 준비 중이었다고 한다.

"그런데 갑자기 그 퍼펙트라는 곳에서 관심을 보인 거지요."

"뭐라고 하던가요?"

"템페스트를 30억에 넘기라고 했다더군요."

"장난합니까?"

템페스트의 미래 가치를 판단하면 30억은 터무니없는 돈이다.

300억을 줘도 넘길까 말까인데 고작 30억이라니.

"그 후로 분위기가 갑자기 이상하게 바뀌기 시작했습니다."

템페스트의 멤버들이 민도영을 적대시하고 자꾸 따지고 들고 심지어 행사에 가는데 차량 안에서 술까지 처마시더니 그 상태로 무대에 올라가서 넘어지기까지 했다고.

"완전 도발인데?"

"그렇죠? 이걸 아시려나 모르겠습니다만, 템퍼링에도 규칙이 있습니다."

"규칙이 있다고요?"

"네. 법원에서 가처분을 받아서 해지하려면 이쪽 과실은 없어야 하니까요."

그래서 가장 많이 쓰는 방법이 바로 상대방을 도발해서 자신들에게 위해를 가하는 모습을 찍는 것이다.

소리를 지른다든가, 때린다든가, 아니면 협박하는 모습을 찍어서 자신들이 피해자라고 주장한다는 것.

"어디서 많이 본 방법이군요."

"네? 어디서요?"

"보통 이혼을 원하는 외국인들이 그런 짓을 많이 하죠."

이혼은 쉽게 되는 게 아니다.

특히나 귀책사유가 이쪽에 있다면 아예 이혼 신청을 하지 못하는 게 한국 법이다.

그렇다 보니 한국 국적만 따고 이혼하고 싶은 외국 여자들이 한국 남자와 결혼한 다음 이런 방식으로 약점을 잡아 이혼하고 남자 친구를 불러들여서 결혼하곤 한다.

그 시점에는 이미 한 번 결혼했으니까 여자의 국적이 한국인으로 바뀌어서, 자연스럽게 결혼한 남자 친구도 한국인과 결혼한 것이 되어 한국 국적이 나오기 때문이다.

"그래서 몇 년 전에는 황당한 소식도 있었죠."

한국 여성이 가장 많이 해외 결혼을 하는 국가가 다름 아닌 베트남이라는 통계.

여성 단체에서는 '한남충이 얼마나 괴롭히면 차라리 베트남 사람과 결혼하냐.'라고 거품을 물었지만 알고 보니 그런 식으로 한국 국적을 딴 여자들이 자기 남친을 불러서 결혼한 결과였던 것.

"그런가요?"

"네, 지금 딱 그 방식으로 이쪽을 압박하는 거네요."

"흠."

이런 방식이라면 노형진도 상당히 곤란하다. 저쪽이 피해자 포지션으로 들어갈 테니까.

"그래서, 퍼펙트에서는 뭐라고 하던가요?"

"자신들은 아는 바가 없다고 하죠."

"하긴."

당연한 거다. 누구도 자기들이 템퍼링을 하려고 한다는 걸 인정하지는 않을 거다.

"그러면 형사사건으로 접수는 한 겁니까?"

"그건 아닙니다. 그런데 기자들이 먼저 터트려서……."

"조만간 접수하겠군요."

노형진은 잠시 고민하다가 피식 웃었다.

"왜 웃으십니까?"

"기자가 붙었다고 하니까 대충 각이 나와서요. 누굽니까? 단독이라고 때렸을 것 같은데."

"애국일보의 이미도 기자입니다."

"이미도 기자라……."

노형진은 바로 뉴스를 찾아봤다. 그리고 이미도의 기사들을 쭉 살핀 후 혀를 끌끌 찼다.

"추적 탐사 보도는 없군요."

대부분 남들이 쓴 소재를 소위 우라까이 한 기사들.

물론 단독이라는 타이틀을 달고 나온 게 아예 없진 않은데……

"입장이 상당히 극단적이군요."

연예부 기자이면 친기업적이라든가, 아니면 친아티스트적인 부분이 있을 수밖에 없다. 그런데 이미도 기자는 다른 기자들과 다르게 그런 게 없었다.

중립적이냐 하면 아니었다. 상황에 따라 마구 논조가 흔들렸다. 똑같은 사건에서도 어떤 때는 기업 편을, 어떤 때는 연예인 편을 들어 주기도 했다.

"이거 아무래도 돈 받고 기사를 써 주는 것 같은데요?"

"그렇죠? 사실 소문이 자자한 기자입니다."

"그런데 용케도 버티는군요."

"딱히 이상한 것도 아니니까요. 기자들 중에서 진짜 제 발

이것이법이다

로 뛰면서 취재하는 기자가 얼마나 되겠습니까?"

"하긴."

1%? 아니다. 그 이하일 거다.

그리고 99% 이상의 나머지 기자들은 그들의 기사를 베껴 쓰거나 그 기사가 터진 곳을 뒤늦게 졸졸 따라다니면서 떨어지는 떡고물만 주워 먹는다.

"그런데 단독이라고 내놓은 자료들을 보면……."

일방의 주장을 거의 옮기다시피, 아니 그냥 대변인 수준으로 말하는 게 대부분.

"돈 받고 기사를 써 주는 기자라는 말이 맞는 것 같군요."

"네. 더군다나 퍼펙트라면 더더욱 그럴 가능성이 높죠. 퍼펙트는 한국 시장에 관심이 많은 기업 아닙니까?"

실제로 퍼펙트 코리아라는 한국 지사도 있다.

"하지만 기본적으로 퍼펙트는 음원 유통사 아닙니까?"

노형진이 이해하지 못하는 부분이 그거다.

퍼펙트는 엔터테인먼트 기업이지만 음원 유통이 주력이라고 봐야 한다.

물론 그들에게 속해 있는 가수들이 없는 건 아니지만, 노형진이 아는 퍼펙트 소속 가수들은 소위 말하는 '월클'이다.

한 번의 공연으로 수십억을 벌어들이고 한 번의 글로벌 콘서트로 수천억을 벌어들이는 그런 가수들 말이다.

"그런데 템페스트는 급이 맞지 않는 것 같은데요."

막말로 싹수가 보일 정도라는 거지, 템페스트가 퍼펙트에서 이런 식으로 수작을 부릴 만한 급은 아니다.

"물론 퍼펙트와 비교한다면 그렇지요. 하지만 산하 기업이 있습니다."

"산하 기업요?"

"네. 계열사라고 보시면 됩니다. 윈드스톰이라는 곳이지요."

"윈드스톰 매니지먼트 말입니까?"

"아십니까?"

"요 근래 갑자기 성장하더군요."

엔터테인먼트 시장에서는 갑자기 들어온 기업이 급속도로 성장하는 경우가 드물다.

그런데 그 윈드스톰 매니지먼트라는 곳은 무서울 정도로 빠르게 성장했다.

등장과 동시에 그 당시 자유계약으로 풀려 있던 톱클래스 배우들 다섯 명과 계약하면서 엄청난 파워를 자랑했다.

계약금은 자세하게 알 수 없지만 그 정도 배우들과 계약하려면 못해도 200억 이상은 줘야 했을 테니 말이 많았다.

"그리고 그런 배우들은 돈이 거의 안 되지 않습니까?"

"맞습니다. 그래서 새로운 회사에서 필사적으로 영입하는 거죠."

사람들의 오해 중 하나가 바로 유명한 연예인을 데려갈 수만 있다면 회사가 수백억씩 떼돈을 벌 거라 생각하는 거다.

하지만 엔터테인먼트 산업의 구조에서는 의외로 완전히 대박이 나서 프리로 풀려 버린 연예인을 데려가도 수익이 남지 않는다.

왜냐하면 계약 조건 자체가 연예인에게 극단적으로 유리하게 구성되기 때문이다.

예를 들어 1차 계약에서는 회사가 7, 연예인이 3이 일반적이고 그나마도 투자금의 정산이 선행된다.

하지만 성공해서 아예 프리로 풀린 상황이 되면 정산 비율이 달라진다. 어느 정도 지명도가 있으면 7 대 3이지만 이 경우 연예인이 7 그리고 소속사가 3이 된다.

그리고 그 연예인이 완전히 대박이 난 경우라면 8 : 2까지 되는데, 회사는 그 2 안에서 연예인의 활동비를 지원해야 하기 때문에 사실상 남는 게 별로 없다.

왜냐하면 유명 배우는 비싼 만큼 작품을 고르기 때문이다.

잘해 봐야 1년에 한 번, 어떤 경우에는 3년에 한 번 작품 하나 하는데, 진짜 톱클래스라 회당 10억으로 16화짜리 미니시리즈를 찍었다고 가정하면 수익은 160억, 그중에서 못해도 60억은 세금으로 빼야 한다.

그러면 남은 건 100억인데 그중에서 배우가 7, 회사가 3이면 회사의 총수익은 30억이다.

물론 그것도 작은 건 아니지만 톱클래스 배우는 그에 맞는 대우를 해 줘야 한다. 전담 매니저가 있어야 하고 코디네이

터도 있어야 한다. 거기다가 차량도 지원해 줘야 한다.

현실적으로 계약금도 엄청나게 줘야 하니, 톱클래스 배우를 잡았다고 해도 엔터사가 수백억씩 돈을 버는 것은 불가능에 가깝다.

"그럼에도 그런 식으로 데려가는 이유는 회사의 홍보를 위해서죠."

강남 한복판의 가장 비싼 동네에 한국에서 가장 잘나가는 빵집 체인점이 있는 것과 마찬가지다.

사실 아무리 거기에서 빵을 팔아 봤자 매달 억 단위의 월세를 내야 하는 지역의 특성상 남기는커녕 100% 적자가 날수밖에 없다.

그럼에도 불구하고 그렇게 자리를 잡는 이유는 간단하다. 바로 홍보다.

연예 기획사도 마찬가지.

속한 배우의 급에 따라 그 급이 결정된다.

속한 배우가 특S급 배우라면 재능 있는 사람들이 믿고 모여들어서 수익을 내지만, 그런 배우가 없다면 재능 없는 사람들이 단역이나 조연만 맡아서 번 돈으로 회사가 유지된다.

"그런 건 있죠. 그러면 윈드스톰 매니지먼트는 어느 정도입니까?"

"배우 쪽으로는 나름대로 자리 잡으려고 노력 중입니다만…… 문제는 수익성이 개판이라는 거죠."

"어째서요? 퍼펙트에서 지원해 주는 회사라면서요?"

그 정도면 어지간한 파워 게임에서는 밀릴 리가 없는데 말이다.

"특S급 배우들이 속해 있긴 하지만 그 아래에 실질적으로 돈이 되는 애들이 없습니다. 아예 성장 구조 자체가 완성되지 않아서요."

"아아~."

특S급 배우들을 영입해서 기업의 가치는 높였지만 그와 별개로 돈을 벌어 올 중간 위치의 배우가 없다는 거다.

"그래서 현시점에서는 이름값에 비해 기획력도, 영향력도 떨어지는 편입니다."

특S급 배우들의 경우는 작품을 엄청나게 까다롭게 고르기에 1년에 한 번씩 출연하기만 해도 엄청나게 부지런하게 작품 한다는 소리를 듣는 수준이니까.

"10억씩 한 번에 벌어 오는 사람은 있지만 1천만 원씩 매달 벌어 올 사람은 없다는 거군요."

"네. 그래서 저희 조합에서는 이번 일을 심각하게 받아들이고 있는 겁니다."

만일 윈드스톰에서 그 구조를 타파하고 중간을 채우기 위해 템퍼링을 시도한다면 당연하게도 이번이 마지막은 아닐 것이다.

"그들 뒤에는 퍼펙트가 있으니 애초에 경쟁이 안 될 테니까요."

대부분의 엔터테인먼트 계열 중소기업들은 1년 동안 벌어서 남겨 봐야 몇억 수준이다. 그런데 퍼펙트는 매년 조 단위로 수익이 나는 글로벌 기업이다.

"이건 뭉치는 걸로 해결할 수 있는 수준이 아니군요."

"네."

템퍼링은 심각한 문제다.

한국 내부의 템퍼링이라면 그래도 어찌어찌 막을 수 있다. 진짜 작심하고 기업들이 함께 뭉쳐서 방어하면 저항할 수 있으니까.

"애초에 시장 자체가 다르다 보니……."

한국 시장?

S급이 되어서 죽어라 1년간 굴러 봐야 미국에서 A급으로 한 달 구르는 것만도 못하다.

더군다나 전 세계적으로 한류가 대박이 터졌으니 눈이 돌아갈 수밖에 없는 것.

"그 상황에서 7 : 3이라는 비중이 불만인 거죠."

"장난하는 것도 아니고, 어이가 없군요."

물론 당사자 입장에서는 아까울 수도 있다.

하지만 아이돌 하나 키우는 데에 수십억이 드는 만큼, 아이돌을 키우다가 망하면 그 손해는 기업이 독박으로 뒤집어써야 한다.

이것이 병이다

"우리 엔터테인먼트조합에서도 그 부분에 대해서는 터치를 하지 않죠."

물론 용돈을 주라거나 최소한의 품위 유지비를 지급하라거나 활동 시작 후에는 최소한의 돈을 지급하라는 조건이 있지만, 그게 회사의 일방적인 손해를 감수하라는 뜻은 아니다.

엔터테인먼트조합에서 숙소도, 연습실도 그리고 필수적인 교육도 그리고 코디 같은 것도 공동으로 고용함으로써 경비를 최소한으로 줄이는 대신에 그 돈을 연습생이나 신인에게 쓰라는 거다.

애초에 일주일에 스케줄이 한두 개 있는 그룹을 위해 코디와 로드 매니저까지 고용하는 건 기업에 부담되니까. 거기다 연습실도 충분히 공용으로 쓸 수 있고 말이다.

하지만 아무리 그 부분에서 돈을 아낀다고 해도 연습생들을 연예인으로 만드는 데 어마어마한 돈이 들어가는 것은 여전하기에, 초기 계약의 일반적인 7 대 3이라는 룰에 대해서는 터치하지 않고 있었다.

"뭐, 자기들이 뜬 것도 아니니 자기들이 7 먹겠다는 소리는 안 하겠지만요, 그래도 5 대 5 정도의 비율은 요구할 겁니다."

템퍼링을 할 때 그 조건으로 요구하면 어지간하면 받아들여 준다. 왜냐하면 데려가는 쪽은 땡전 한 푼도 들이지 않았으니까.

"문제는 이번이 마지막은 아닐 거라는 거죠."

한번 그 짓으로 돈을 번 놈들은 그 짓을 계속할 수밖에 없다.

더군다나 박상규의 말에 따르면 윈드스톰 매니지먼트는 아예 연습생 자체가 없는 구조.

즉 모든 연예인들을 외부에서 수혈하겠다는 건데, 그런 곳에서 가장 빠르게 그리고 가장 손쉽게 보충하는 방법은 다름 아닌 템퍼링이다.

"그렇다면 이 사건은 제가 맡는 수밖에 없겠군요."

"유리한 상황은 아닙니다."

"그러니까 제가 해야죠."

거의 모든 계약 정지 가처분이나 계약 정지 처분은 재판부에서 연예인들을 편들어 준다.

연예인은 약자라는 언더 도그마가 엄청나게 심하게 고정 관념으로 고착되어 있기 때문이다.

"걱정하지 마세요. 순서만 제대로 잡으면 이기는 건 어려운 일이 아니니까요."

노형진은 눈을 번뜩거렸다.

"제가 두들겨 맞고도 참을 생각은 하지 않는 편이라서 말이지요."

설사 그 상대가 미국의 기업이라고 해도 말이다.

다음 권으로 이어집니다